「なっ、な……！
王宮の舞踏会で、王妃が男装ですって!?
そんな無礼な真似
許されると思っているの……!?」
「許される」
「まあっ、なんて無作法で無礼な……!!
何故か先端だけが二つに割れて
出荷できない人参みたいないやな女……!!」
その例えはちょっとわからない。
フレデリック・オーストウェン
ヴィクトリアの夫。
自動塩水生成機の異名を持つ。
王様、の、はず……。

「いいか、ブーケ嬢。我がルールだ」
ヴィクトリアの後ろで後光が溢れ出る幻影をみんなが見た。死ぬほど偉そう。
デルフィーヌ・ブーケ
先代王の愛妾であり、王宮内に一定の力を持つ。

「ブランダン様の体は最高なんです！ミレイユはブランダン様がいないともう生きていけません！どうか殺さないでください！」
ミレイユ・ユペール
フレデリックを惑わそうとした女性。デブ専。
「……我は別に、殺そうなどとは思っておらぬが」

ヴィクトリア・ウィナー・オーストウェン王妃は
世界で一番偉そうである
海月崎まつり
Illust
新城一

CONTENTS

プロローグ　ヴィクトリア・ウィナー・グローリア公爵令嬢は世界で一番偉そうである

「ヴィクトリア・ウィナー・グローリア公爵令嬢！　君との婚約は破棄だ！」

大広間に声が響き渡って、ダンスパーティは動きを止めた。鮮やかなドレスの海の真ん中で、ヴィクトリア令嬢は暫《しば》し沈黙したが、やがてゆっくりと扇を取り出して口元に添える。

ヴィクトリア公爵令嬢は、この国一番の貴族の娘である。王族の母と、騎士団長の父を持つ、正真正銘の貴族のサラブレッドであった。

故に美しさは折り紙付き、金色の流れる髪もワインレッドのドレスも、今日のこの場の中で最も目立っていると言っても過言ではなかった。

そんな彼女の誇りを地に叩《たた》きつけるやり方で、王子は婚約破棄を申し出たのである。

普通の令嬢なら泣くところだろう。あるいは怒るところだろう。

公爵令嬢ヴィクトリアはどちらもしなかった。

「なるほど。だが貴様に言うぞ、我は婚約破棄を許可しない」

実に落ち着き払った口調であった。死ぬほど偉そうである。王がじゃれついて噛《か》んできた子犬を見るような目であった。

ぱしん、と音をさせて彼女は扇を閉じた。毒々しいまでの赤いドレスが似合う、金髪の御令嬢は婉然《えんぜん》と微笑む。

「いいか、我はな、婚約破棄を許可しておらぬのだ」

「な、なに……何の権利があって……！　君は公爵令嬢でしかない！　王子である僕の命令が聞けないのか……⁉」

「聞けぬ」

ぱしん。彼女は扇で掌《てのひら》を軽く打った。めちゃくちゃ偉そうである。

王子……フレデリック・オーストウェンは、あまり命令を真っ向から拒否する相手に出会ったことがなかった。彼に悩ましげに凭《もた》れ掛かるパステルピンクのドレスのご令嬢が、困ったように微かに眉を寄せる。

「僕はマリアが……マリア・カタリア男爵令嬢が好きなんだ……だから君との婚約は……」

「それは困ったな。我はフレデリック、お前を殺すほど愛しているというのに」

怖い。

「えっ」

「心から愛しているというのに、酷《ひど》い仕打ちだ。ここまで熱烈に人を愛したのは初めてだぞ？」

「う、嘘《うそ》だ……いや怖いよ……」

「フレデリック。貴様はただ我の横にいればよい！　それだけで国は栄えるであろう！」

何故か貴族たちの間から拍手が上がった。

拍手をしている貴族たちは、あれっ今なんで俺拍手したのみたいな顔をしている。ヴィクトリアの十九歳の少女とも思えぬ貫禄《かんろく》に押された形であった。

その拍手の中心にいるヴィクトリアは、実に実に実に偉そうである。彼女は国一番の公爵家の娘であるので、異様な説得力があった。

公爵令嬢ヴィクトリアは赤いドレス姿でゆっくりと王子に歩み寄っていく。それはまるで魔王の如き姿であり、ただの小娘とも思えぬ迫力であった。

王子の前まで歩んでいった令嬢は不意に言った。

「ところで娘」

「娘……えっ、私⁉」

パステルピンクのドレスの男爵令嬢がびっくりして目を見開く。てっきり王子に声をかけると思ったのに！　この死ぬほど偉そうな公爵令嬢、私に声をかけてきやがったと言った心の声が漏れ聞こえてきそうな動揺の仕方である。

「男爵令嬢。そなたの家は貧乏で実に困窮しているようだね」

「え……えっ……」

「王子の嫁になれば金が手に入ると誰かから吹き込まれたかね？　それは大変に危険な道だろう」

「あ、あの……」

「公爵家と男爵家では身分が違いすぎるのだ。わかるだろう？」

微笑みながら言われて、男爵令嬢は青ざめて黙り込む。彼女は心臓がばくばくして、何も考えられなくなった。ああどうしよう。きっとこのお方は、王子様にこんなことを言わせた私と、お父様の家を取り潰すつもりだわ。王立学園では悪役令嬢と囁《ささや》かれたこのお方だもの、きっとそうに違いないわ！

「つまり、――公爵家であれば男爵家の困窮《こんきゅう》を多少は救ってやれるのだ。こちらには身分がある。金がある。貸しにしよう。大方緑の月にやってきた嵐で畑が荒らされたことが原因なのだろう、不作が原因ならなんとでもしよう。喜べ」

もうめちゃくちゃに、死ぬほど偉そうである。

だが、令嬢にとってはまさしく天の助けであった。呆然《ぼうぜん》とする。

その頬に白い手が触れた。ヴィクトリア公爵令嬢はマリア男爵令嬢の頬をそっと優しく撫《な》でて微笑んだ。まるで王が子猫を愛《め》でるような撫で方であった。

なんて美しい目……なんて優しい手……

「お、お姉さま……」

男爵令嬢は死ぬほど現金だった。

「お姉さま!?」

びびりまくったのは王子の方である。なんでこうなるんだ、マリアは僕を愛していたはずでは!?

みたいな調子で大混乱である。

「さてフレデリック。そなたに残ったのは醜聞だけになったぞ？」

「うぐっ……」

「こんな馬鹿をやらかす王子を誰が愛する？　誰が赦《ゆる》す？　誰が夫とする？」

ヴィクトリアは婉然《えんぜん》と微笑んで言う。やっぱり死ぬほど偉そうである。

王子は絶望感に包まれた。確かにそうかもしれない……とヴィクトリアの異様な迫力に呑《の》まれて思う。そうだ。自分は公爵家の令嬢を皆の眼前で蔑《ないがし》ろにした。貴族たちはきっと呆《あき》れただろう。マリアへの愛にのぼせあがっていたとはいえ……誰がこんな僕を、夫に……誰が僕を赦して、愛してくれるっていうんだ……。

「我が愛そう」

涙が溢《あふ》れ出て、王子は慌てて顔を覆った。この王子、小さい頃からあまりによく泣きじゃくるので自動塩水生成機《じどうしおみずせいせいき》と裏であだ名されていたのを本人だけが知らない。

王子は顔をあげた。ぽたりと涙が落ちた。

「なん、だって……？」

「我の隣にいればよい！」

覇王のごとき迫力であった。令嬢なのに。

「醜聞塗《まみ》れでもよい。馬鹿王子とあだ名されようともかまわぬ。誰を愛そうが別によい。我の隣で、国の未来を共に見に行こうぞ。何せ――この国の王子はそなた一人しかおらぬのだ、フレデリック！　前を向け！　そして正しき王となれ！　そなたにならできる、きっとできる。未来の国王よ、我に未来を信じさせよ、この国はきっと良くなると！」

　やはりヴィクトリア公爵令嬢は死ぬほど偉そうであった。死ぬほど偉そうな演説もどきに王子は泣きじゃくり来ていた貴族たちはなんとなく迫力に押されて拍手をした。なんだこれ。

　彼女は王子に歩み寄ってそっと顎を上げさせる。まるで乙女ゲームに出てくるイケメンのごときイケメンっぷりであった。

「フレッド。……そなたはさっき、我に婚約破棄を申し出たな？」

「ひゃ、ひゃぃ……」

　王子は鼻をずびずびさせながら答える。

「では我から言おう。――もう一度、婚約をしよう。我と結婚しろ」

「はいぃ……」

　王子は公爵令嬢の死ぬほど美しい眼差しと強引な言葉にあっさり陥落してしまった。

　ハッピーエンドである。大団円である。

　ヴィクトリア公爵令嬢はそれからフレデリック王子と偉そうに結婚した。マリア男爵令嬢の領地はヴィクトリア公爵令嬢の手助けで困窮を免れ、やがて国で一番の美味しいワインを製造する話題の領地となった。彼女はそのワインを持って、二人の結婚式に馳《は》せ参じたという。

泣き虫な王子はその際にも嬉《うれ》しさで泣いてしまい、ヴィクトリアは婉然と笑ってワインを受け取った。「結婚の儀への供物、実によいぞ」だそうである。超偉そうである。

彼女は王妃となって、フレデリック王とともに国に君臨した。

後宮にのさばる愛妾《あいしょう》をぶちのめし、盗賊たちを一刀両断し、たぬきな宰相をイケメンオーラでのして、国の中で確実に居場所を作っていった。


今日もまた、ヴィクトリア王妃は死ぬほど偉そうである。

「ヴィクトリア、君は本当に偉そうだ。僕より偉いみたいに振る舞うじゃないか」

「天上天下唯我独尊だが？」

「どっかの宗教家みたいなこと言うね……」

苦笑してから、若き美しい王は言う。

「でもそういう君が、最近僕は悪くないと思えるよ。君がそばで偉そうにしてくれると、君らしくて安心する。他の貴族は色々言うけど、僕は君が嫌いじゃない」

王は笑って王妃を見る。美しい王妃はぱちりと瞬いた後で唐突に王を壁ドンした。

壁がみしっと震えた。怖い。

「いやなんで？」

王の顎を持ち上げる。

「待って」

「待たぬ」

距離がゼロになった。

やっぱり今日もヴィクトリアは世界で一番偉そうである。

一章　世界一偉そうな王妃は銃弾をドレスで弾く

本日は、即位したてのフレデリック王と、先日皆の面前で逆プロポーズにより婚約者の地位をもぎ取りなおしたヴィクトリア王妃の、結婚お披露目パレードの日である。

「今日の日を迎えられたこと嬉《うれ》しく思うよ、ありがとう！」

「我の愛《いと》しき国民たちよ、存分に祝い歌うがよい。この王妃が赦《ゆる》そうぞ！」

王に比べて王妃が偉そうすぎて、ちょっと国民は混乱した。

あれ、これって女帝の即位お披露目式だったっけ。

バルコニーに姿を現したフレデリック王は穢《けが》れなき王であるという証に真白で豪奢《ごうしゃ》なマントを纏《まと》い、ヴィクトリア王妃も純白にして真珠をふんだんにあしらった華やかなドレス姿である。

つい先日未来の国王相手に覇王ムーブをした人間とは思えないほどの清楚《せいそ》さが出ている。見た目だけは。

国王が手を振ると、きゃーっと歓声が上がる。

王妃はその横で婉然《えんぜん》と微笑んでいる。

これからあの王族二人が、国民の間を馬で通り抜けて顔を見せてくれるのだ。

王都の空には紙吹雪と花びらが舞い、青空は高く美しい。

　さて。国民たちは目を皿のようにして、王と王妃が通るであろう道の脇にみんなして待機していた。人が集まれば噂話《うわさばなし》が始まる、これは古来からの常識であるので、この道を挟んだ大行列の間でもひそひそ話が流れていた。

「ねえねえこの間の噂聞いた？　宮廷で王様が王妃様に婚約破棄を一方的に申し渡したのですって！」

「マジで？　でも結婚なされたじゃん、なんで？」

「なんでも、王妃様が王様に逆プロポーズしてお姫様抱っこして寝台まで運んで、朝やってきた召使に『未来の王なら我の隣で寝ておる』って微笑んだらしくて！」

「王妃様かっけー！」

　尾鰭《おひれ》背鰭《せびれ》がつきまくっている。主に王への風評被害がすごい。

　そんなこんなしているうちに、歓声が近づいてきて国民たちは我先にと行列の向こうに目をやった。

　女性たちが花をこれでもかと撒《ま》いている。王国直属の鼓笛隊が音楽を奏でながら王と王妃の後に続く。

　フレデリック王は微笑みながら手を振り、王妃は口元を薄く笑ませて堂々と胸を張ってパレードに臨んでいた。超偉そうである。めちゃくちゃ偉そうである。

　これって女王とその伴侶の結婚披露だっけと何人か思うぐらいには偉そうであった。態度がでかい。

「王妃様超偉そうじゃね？」

「そこがいいんじゃん！」

「陛下かっこいいー！　本当にイケメンよねえ……」

「結構おばかだって話もあるけど、あれだけイケメンならおばかでも寧《むし》ろ好きっ！　そこがいいっ！ってなるよね？　ならない？」

「あんた馬鹿専だったの？」

「私は王妃様派！　堂々としていて素敵だわー！」

そんな、王と王妃を賛美する声の中、一人部外者がいた。

その青年は一人蹲《うずくま》っていた。

パレードを取り囲む国民たちから少し離れて、ボロボロの薄汚い服装で。

髪は伸ばしっぱなしで不潔な感じであり、王都の中央街にいるのがとても場違いであった。

彼の目には深く怒りが溜《た》まっていた。

「くそっ……俺たちが苦しんでる中でへらへら笑ってパレードしやがって！　ちくしょう！　どうせあの王の服だって国税で超いい柔軟剤とか毎日使ってるんだろ！　あの王妃だって血税から死ぬほどいい香水とか使って贅沢《ぜいたく》してるんだろ……！　一皿五〇〇〇ゴルドくらいのパフェ食ってんだろ！　あいつらがいるせいで、あいつらが贅沢ばっかするせいで俺たちは……!!」

彼の恨みは深刻であった。彼は貧しい家に生まれた子供であり、ろくなものを食べられずに育ってきたのである。超いい香水だとか、超いい柔軟剤とかには全く縁がなかった。

父親は元兵士だったが、今は片足を壊してしまい農業に勤《いそ》しんでいる。最近の悩みは髪が薄いことだ。病気がちな妹はろくに農業の手伝いはできず、辛い作業は全部彼の仕事であった。

父は毎日酒を飲んでは、うまく足が動かない苛立ちからくだを巻いて時折彼を殴った。

妹は病気で日に日に弱っていく。そんな時に、王族と公爵家の娘が結婚したのだ。

華やかに。豪勢に。国民の血税を使って。俺たちが必死に納めたものを使って！

（憎い。奴らが憎い！）

彼の心の中は、それでいっぱいであった。

彼は父親の使っていた古びた銃を構えて、人混みの中をいく王と王妃に銃口を向ける。まずは――そうだな、王妃だ。昔から女はドレスだ宝石だと着飾りまくるのに金を使いまくるのだから。殺してやる。

彼は引き金を引いた。空に銃声が響いた。

弾は確かに王妃の胸に直撃した――……が。

銃弾は彼女のドレスに弾かれて、パキィィン！と音を立てて石畳に落ちた。

ついでに弾が砕けて割れた。

「なにぃ⁉」

何あのドレス!!　と青年は大混乱である。

王妃は馬から降りると、落ちた銃弾の破片を拾い上げた。

「ふむ。こんなこともあろうかと、オリハルコンを混ぜ込んだ生地でドレスを作らせて正解だったな」

なんだそれと周りで聞いていたおつきの兵士たちは思ったし、王も思ったし、多分マーチングバンドの人たちも思った。

「君そんなことしてたのかい？」

フレデリック王が呆《あき》れたように言う中、一拍おいて民衆がパニックになった。

銃弾が放たれて、それが王妃に当たった。今もまだ銃を持った人間がいるかも、怖い。そんな恐怖が伝染し、パレードがめちゃくちゃになりかけた、その時だった。

「控えよ!!」

王妃が大声を発した。ビリビリとその場を震わすような声であった。パニックが収まっていく、場が静かになっていく。

王妃は辺りを見回し、そして……人混みの中の青年を見つけて、微笑んで言った。

「そこな男。出てくるがよい。まあ出てこないようならば連れてこさせるだけだがな」

超態度がでかくて、世界一偉そうな顔をしてヴィクトリア王妃は言った。

青年は躊躇《ためら》ったが、結局は歩み寄って王妃の前に立った。

青空の下、純白のドレスの女に対峙《たいじ》するボロボロの衣服の青年。さながら、この国の縮図のようであった。貴族はどこまでも豊かだが、貧困層は辛い生活をしている。

古びた、アンティークの域に入りそうな銃を構えて、青年はそれを王妃に向ける。

王が青くなって、彼女の前に立った。

「ヴィクトリア、下がって！」

「阿呆《あほう》。下がるのはお前の方だ、フレデリック。王は王妃よりも立場が重要だ、分かるだろう。私がお前の盾になればよい」

オリハルコン装備だし。

ヴィクトリアは王の腕をぐいと引いて後ろに下がらせる。

兵士たちがはっと我を取り戻して青年を抑えにかかろうとしたが、王妃は片手を軽く振って制止する。

「皆動くな。この者は、邪魔が入れば本気で陛下を撃とうとしている。我は、王が傷つけられるのをみすみす看過できるような女ではなくてな。傷一つでもつけられれば腹が立つ」

イケメンじゃん……と平民たちは思ったし、おつきの貴族たちも思ったし、マーチングバンドの人たちも思った。平民たちは、さっき聞いた『寝台の上で王を横に侍らせて微笑んでいた噂』は本当なんじゃないかなともちょっと思った。

　青年はブルブルと頭を振った。

「だ、騙《だま》されないぞ！　いくらイケメンだってお前は貴族！　しかも女だ！　そのドレスだって何十万ゴルド金がかかってるんだよ！」

「何の話だ？　知らぬ」

「国民の金がかかったドレスの値段を、知らぬ、だって⁉　あんた一体何様だよ！」

「王妃様だが」

　その通りではあるが。

　彼女は唐突に青年に尋ねた。

「お前は王族がずるいと思うのだな？　我が美しく装うのも気に入らないと？」

「そっ、そうだよ！　俺たちと違って贅沢に毎日ぬくぬく暮らしやがって！　領主も、貴族も、王族も、俺らよりずっと楽に生きてるじゃねえか！　そのドレスだって、俺の何ヵ月分の金なんだ！」

「ふむ。なるほど」

　王妃は肯くと、再度青年に尋ねた。

「ではそなた、国のために死ねと言われたときに、即座に頷《うなず》くことができるか？」

　青年は質問の意図がわからずに吠《ほ》えた。

「でっ、できるわけないだろ⁉　なんだよそれ、国のためになんて死にたくねえ、俺の命は俺の命だ！」

「だろうな、それが普通の感覚だ。だが王族は、……国のために死ぬのだ」

彼女は静かに言った。異様な迫力があった。若い娘とも思えない威厳である。まるで覇王であった。

「民に養われ、諸国から民を守るために時には人質にいき、国が傾けば民に殺されて死ぬ！　領主たちは国が戦争になれば真先《まっさき》に最前線へ出ていき、そして死ぬ！　その覚悟がある者だけが、王族であり、貴族だ。美しく豊かなものほど責任は重い‼　この美しき装いは、決意表明なのだ。いつでも民のために、お前たちを守るために死ねる者の証だ‼」

「………ッ」

彼女は朗々と言った。空気がビリビリと震えた。青年は目を見開いて、銃を取り落とした。

フレデリックは、そこまで覚悟と腹が据わってるのはヴィクトリアぐらいじゃないかなあ……とちょっと思ったが、青年の心情を慮《おもんぱか》って黙っていた。空気の読める王である。

「――民を守るためならば、この王妃はいつでもこの命を差し出そう。お前たちを守るために、王族は、貴族は、存在する。……忘れるな、王妃は常に国民を愛している！！！　憎まれようと、恨まれようと、有事とあらばお前たちのために命を捨てようぞ！」

「姉《あね》さん……ッッッ‼」

青年は崩れ落ちた。なんにも自分の生活は改善してないのに何故かめちゃくちゃ救われた気持ちになってしまった。なんでだ。

周りの一般市民と貴族と演奏隊はよくわからないままに雰囲気に押されて拍手をした。なんだこれ。

白い指で顎を摑《つか》んで青年に上を向かせ、王妃は美しい声で言った。

「生活が苦しければ、生きることが苦しければ、我を訪ねよ。力を尽くそう。我はいつでも、お前たちと共にある」

そう言って、王妃は馬に乗り颯爽《さっそう》と去っていった。

何人かが恋に落ちた音がした。

残された王はちょっと困った後で、崩れ落ちた青年の肩をぽんと叩《たた》いた。

「えーと、その……あのね、これから長い間結婚に伴った国全体の宴があるから、王族からお酒やパンも支給するし……それをいっぱい食べて、元気を出してね」

フレデリック王はちょっとおばかな上にお人好しだったので、かけた言葉に威厳もへったくれもなかった。この時にかけた飾り気ない言葉で、一時期おばかな婚約破棄で下がりまくった彼の株は結構上がったとか上がらなかったとか。

そのあと、兵士が彼を引っ立てて牢屋《ろうや》に入れたが、王妃からの便宜もあり三ヵ月ほどで青年は釈放された。

領地に戻ってしばらくしてから城にやってきた青年は領地の税金のきつさを告発した。結果、領地に調査が入り、悪辣な真似をしていた領主は断罪されて何処《どこ》ぞへ飛ばされた。

青年は志願して城の警備役として取り立てられた。週休二日残業なしのホワイト部署でしっかりと給料をもらい、父親と妹のための薬代にした。

ところで、妹の難病だが、どこかの匿名の人間から高名な医者への紹介状が届き、それでなんとかなったという。

匿名の人物は、『自動塩水生成機ラブラブ永遠愛』と名乗っていたが、どこの誰だかは不明である。

「『自動塩水生成機ラブラブ永遠愛』ってもっといい名前なかったのかい……？」

「最高の名前だと我は自負しているが？」

「もっとこう、僕に直接デレてくれてもいいんじゃないかい？」

「寝台の中ではデレデレだろう？」

昼の庭で、王子は食べていたケーキをテーブルにこぼしかけた。

「そうかもしれないけど！　顎を持ち上げられて『好きだ……』とか『愛しているぞ……』とかやられる僕の方の気持ちも考えて！」

「よいではないか、嬉しいだろう？」

「うっ……」

「嬉しいな？」

「はいぃ……」

結局王は王妃に弱かった。

ここは宮廷の庭である。

宮廷の庭で王と王妃はお茶をしていた。飲んでいるのは、この間の青年が侍女頭伝いに持ってきたという彼の故郷の紅茶だ。毒味は一応済ませたが、毒の代わりに超高級品であることが分かっただけだった。平和だ。

「ヴィクトリア、君は名付けのセンスがちょっとないよね……この間、宮廷内の番犬が産んだ犬に『大将』って名前をつけようとした時にも思ったけど……」

「大将、いい名前だろう。名は体を表す」

彼女があまりに堂々と偉そうなのでちょっと納得しかけたが、やっぱり『大将』は変なんじゃなとフレデリックは思った。

「じゃあ『自動塩水生成機ラブラブ永遠愛』も……？」

「うむ、分かりやすいだろう。名は体を表すぞ」

っと顔を赤らめて紅茶を飲んだ。

フレデ泣き虫すぎて自動塩水生成機とあだ名されていたということは、最近この王妃自身か

されたことだった。

不意に紅茶のカップを置いて、ヴィクトリアが言った。

「ところでフレデリック」

「うん？」

「お前、少し前の婚約破棄事件の時だが。何故婚約破棄しようとした？」

いきなりとんでもなく痛いところを突かれて、フレデリックは紅茶のカップを取り落としかけた。さっ……と横から手が出てきてカップをテーブルに戻す。こぼれかけた紅茶を空中で回収したその手際、どう見ても王妃ではない。王妃だけども。イケメン執事か何かか？

王妃は黄金の獅子《しし》のような瞳でこちらを見ている。その表情からは非難や批判は一切窺《うかが》えず、ただ純粋に問いかけているだけのように見えた。自分を、見ようによっては裏切った婚約者を責めもせず、怒りも嫉妬も何も見せない。その様は、プライベートであれど黄金色の覇王の器。自動塩水生成機の自分とは全く、器が違う。紙コップと超広い王宮の風呂ぐらい違う。

「……君のそういうところが、僕は……」

「我のそういうところがなんだ。好きなのか」

「まだ何も言ってないからね！」

「我は愛しているが？」

勝てない。

ポジティブシンキング王妃。

フレデリックはちょっとため息を吐《つ》いた。彼女には昔から何も敵《かな》わない。勉強も。運動も。多分王としての才能も、そうだ。唯一勝てるのは魔法ぐらい、でもそれだってヴィクトリアに物理的にぶんなぐられたら多分詠唱止まるし。負けるし。

何もかも勝てない、自分よりイケメンかっこいい婚約者に王はぶっちゃけ劣等感と蟠《わだかま》りがすごかった。追いつけない。決して。それが悔しい。憧れていて、同時に悔しい。

[illegible]っ多分、あれは現実逃避だったのだ。強くなれないフレデリックの、逃げだった。

自分より何も[illegible]れているヴィクトリアの手を振り払おうとしたのは、逃げだった。

[illegible]く[illegible]。優秀な婚約者から離れたくて反射で起こした癇癪《かんしゃく》みたいなものだった。子

　フレデリックはそのことを痛いほど自覚した上で、王妃を見た。

「……その。君があまりに、強くて……偉そうで……かっこよくて……僕は何もかもに自信が、なくなってしまって。男らしさとかも君の方が男らしいし……」

「まあそうだな」

「否定してよ!?　……まあ、その、そんな時、マリアが優しくしてくれたんだ。王子様はちゃんと男らしいですわ、素敵ですわってお弁当を作ってくれて……僕が趣味の乗馬を嗜《たしな》んだ後にはタオルを渡してくれて、可愛くて可憐《かれん》で……そのマリアに、どうしてもみんなの前で自分を選んで欲しいって言われて、つい……」

「それで気持ちがぐらついたと?」

「はい……ごめんなさい……」

　フレデリックはちょっとばかではあったが、同時に正直で、素直な男でもあった。

　なるほど、とヴィクトリアは頷き、王子を都合よくあった柱を使って壁ドンした。

「なんで!?」

「大丈夫だ。お前は魅力的だ、フレデリック。この我をこうまでさせて、惹《ひ》きつけてやまぬのだからな。婚約破棄の時、お前を愛していなければあんな方法で婚約を結び直したりはしていないぞ?　お前は馬鹿ではあるが、素直で愛くるしいところは大変愛《う》い」

「そういうのやめてくれ……！　はずかしいから……！」

「何故だ？　いやではないだろう？」

彼女は自信たっぷりに偉そうに微笑む。婉然とした麗しい笑みだ。婚約当初から変わらないイケメンで艶《あで》やかで美人な笑み。

対してフレデリックは真っ赤である。どっちが王妃だかもうわかったものではない。

「いやじゃないけど！　たまには僕からもさせてくれよ……！」

「ふむ。よいぞ」

「いいんだ……」

ヴィクトリアはあっさり引いて、わざわざ柱のそばに立った。

フレデリックはおっかなびっくりでそっと彼女の顔の脇に手を置いた。壁ドンじゃなくて、壁ふわである。

「それから？」

「それからって？」

「馬鹿め、それもわからんのか」

いきなり詰《なじ》られて王は涙目になった。若く美しき王は、イケメンではあるがやっぱりちょっと泣き虫が治っていないところがあった。全然勝てなくて悔しい。

その彼の顎に王妃は手をかける。首の後ろに手を回して引き寄せる。

キスされる――……！　とフレデリックは思った。普通にときめいた。

唇の距離がゼロになりかけた直前で、ヴィクトリアは動きを止めた。

「……え」

「なんだ、お前が自分からしたいと言ったのだろう」

ヴィクトリアの悪戯《いたずら》っぽい綺麗《きれい》な瞳が笑っている。鮮やかで艶《つや》やかな唇が、傲岸《ごうがん》不遜《ふそん》に笑みを描いている。

フレデリック王は一拍置いて照れてはにかんだ。勝てないなあ、と思った。それが悔しい、今は何も敵わない、何も。でも、彼女に近づこうと努力することならできるだろうか。それがキスひとつでも。

王はそっと王妃の金色の髪を撫《な》でながら小鳥のように口づけをした。

唇を離すと、王妃は楽しげに笑っている。

「お返しだ」

いきなり視界がぐらりと反転して、王は目を瞬かせた。柔らかな芝生で背中と後頭部を強《したた》かに打つ。目を上げると、頭上にヴィクトリアの美しい顔があった。

押し倒された。昼の庭なのに。しかも女の子から押し倒された。

王はもう大混乱である。こいついっつも混乱してんな。

そんなフレデリックを余所《よそ》に、ヴィクトリアは言った。

「お前は我の男だ、今までも、これからも」

弁当でも、タオルでも。お前が望むなら、手ずから用意してやろうぞ。

そう言ってヴィクトリアは鮮やかに笑う。愛を込めて、あざやかに、笑う。

その様は、まるで大輪の黄金の薔薇《ばら》のようだった。

ああ、敵わない。何もかも、まだ勝てない。でも、きっといつか。彼女の隣に立って歩けるような男に。

この強くて、傲岸不遜で覇王みたいな伴侶の歩む道を一緒に歩けたら。彼女の後をついていくのではなく、手を引かれるのではなく。横に並び立って進む道を見られたら。

金色の瞳が自分を見ている。王妃から王へ、唇が寄せられる。吐息が通う。それが触れ合う瞬間、彼女はこれ以上なく満足げに午後の日差しの中で黄金色に微笑んでいた。

――ヴィクトリア・ウィナー・オーストウェン王妃は、今日も世界一偉そうである。

二章　世界一偉そうな王妃は夜会で燦然《さんぜん》と光り輝く

「デルフィーヌ様、聞きました？　現王妃様、ヴィクトリア様のお噂《うわさ》！」

「ええ、ええ、聞きましたとも。まだ若い方でいらっしゃるのに、随分と覇気がお有りのようねえ。陛下よりも常に前に出ていらっしゃるとか、余程《よほど》自分に自信がお有りなのね。わたくしのような日陰者はそのような真似はできませんもの、羨ましいですわ」

サテンに十枚くらい包まれた猛毒の嫌味が、王宮の奥まったサロンで飛び交っていた。

華やかにして陰湿な会話である。花のようなドレスを着た令嬢たちが、妙齢？の婦人を取り囲んで噂話に花を咲かせている。

よくあるやつである。新参者の陰口である。宮廷で超よくありがちな、女の戦いの下準備である。

ここは、先代の王グレゴワール王の公式愛妾《あいしょう》、デルフィーヌ・ブーケのサロンであった。

つまり、彼女の城だ。彼女の信奉者だけを集めた、彼女の城。

歳をとっても美しい愛妾として今も噂されるが、正確な年齢は先代王すら知らない女。一度デルフィーヌの年齢に悪気なく触れてしまった執事を一瞬で島流しに処したせいで、王宮内では公式愛妾の年齢の話はタブーである。

ついでに言うと、「俺はデルフィーヌ様よりヴィクトリア様の方がタイプだな〜」と発言した兵士が数日前から家からも職場からも『消えて』いたりするので、それはもうタブーである。何があったんだよ。

謎めいた微笑みを浮かべるデルフィーヌの周りで、令嬢たちが楽しげにさえずる。

所謂《いわゆる》、悪口を共有している故の楽しさ、偽りの連帯感に彼女たちは包まれていた。

そういうのって絶対裏切り者が出たりするよね……というのは、こういう時は誰も思いつかないものである。

「本当、私もあの王妃様が羨ましいですわ！　まだ十九であらせられるのに、あんなに覇気がお強くて。か弱い私たちには真似できませんわっ、ねっ、デルフィーヌ様？」

「ええ、ええ、そうねえ。わたくしたちは殿方に守ってもらうのが務めの淑女ですもの、あんな破天荒で荒々しい……まるで男性かのようなはしたない真似は、ねえ？」

デルフィーヌはふわっふわの紫の羽がつけられた扇で口元を覆って上品に笑った。サロンに差し込む日の光に銀髪がきらめいている。天然物のような美しい銀色だが、これは実のところ白髪隠しなんじゃないの？　と結構な令嬢が疑っていた。

もっとも口に出したら社会的な死が確定しているので、言わないが。

女性の年齢に下手に突っ込むと死を見る。それが宮廷である。

サロンの権力者であるデルフィーヌ・ブーケは微笑んで令嬢たちを見回した。王宮の紫陽花《あじさい》、紫の花束と呼ばれる公式愛妾の、あでやかな微笑み。それから彼女は、あからさまに眉を下げて悲しげな顔を作ってみせる。

「ねえあなたたち、わたくしね、思うのよ。あのヴィクトリア王妃様が夜会にいらっしゃったら……かよわいわたくしなど、一蹴されてしまうのではないかって」

悲しげな女主人の呟《つぶや》きに、令嬢たちは我先にと慰めに走った。追従根性《ついしょうこんじょう》がすごい。

「まあデルフィーヌ様！　そんな事はありませんわっ！」

「そうですわ、デルフィーヌ様はこの宮廷で今一番お力のある社交界の花！　あんな新参の小娘ごときがデルフィーヌ様に敵《かな》うわけありません！」

「それに、何かあったらわたくしたちがお守りいたしますから……！」

宮廷の紫陽花は儚《はかな》げに微笑む。だがその胸はふくよかで、腰はたおやかで、なんというか、男だったら完全に悩殺だったでしょうね……と令嬢たちは思った。というか、もうちょっと胸をしまいなさいよ。

「みなさんが守ってくれるのね、わたくし、とても心強いわ。……でも、やっぱり夜会で顔を合わせるのは怖いわ……明日の夜は、新陛下が即位され、妃殿下《ひでんか》が妃殿下として初めて夜会にいらっしゃるでしょう？　わたくし、何の偶然か妃殿下とは面識がないんですの。嫌われているのかもしれないわ……顔を合わせたら、泥水でもかけられてしまうかも……」

デルフィーヌは、長い睫毛《まつげ》をゆっくりとふせてから、令嬢たちを見回した。

「わたくし、思うのよ……。妃殿下が夜会にいらっしゃらないと決まったなら、どれだけこの胸が晴々とするでしょうと」

彼女たちはそこまで言われて察した。

この女、仮にもこの国のお妃様を社交界から爪弾きにしようとしている。

デルフィーヌの派閥は強く、王妃派はまだ弱い。だがここでデルフィーヌに加担したら今後立場が悪くなるのでは？　と一部の令嬢は考えて、黙った。

しかしちょっとアホが混ざっていた。

「わかりました！　ではデルフィーヌ様のため、このサラ・マーニュが妃殿下を妨害してご覧にいれます！」

この、この世のものとは思えないピンク髪のご令嬢、サラ・マーニュはなんというか、ちょっとあれであった。

デルフィーヌは、絶対こいつ使えないだろうなと思いながらも美しく微笑んで見せた。

「まあ、ありがとう……サラさん。わたくしのために、うれしいわ。でも、どのような手段で妃殿下を夜会に来られないようにするというの……？」

「はい、プレゼントを大量に送って、ひとつだけ毒を混ぜて食べさせます！　腹痛で王妃様は夜会に来れなくなるはず！」

腹痛どころか毒の量によっては普通に死ぬ。

それが発覚し、首謀が前王の愛妾と知られたら普通に謀反、普通に死刑、普通に島流しである。

いやまじで。

デルフィーヌはちょっと焦って止めようとしたが、サラ・マーニュはすでにサロンを飛び出していた。行動力の化身！

「お待ちなさい！」

「それで待ったら騎士団はいりませーん‼　デルフィーヌ様、サラは必ず成果を持ち帰りますからね！　首を洗って待っててください！」

使い方が違う。

サラ・マーニュ侯爵令嬢は、やっぱりちょっとあれであった。

ヴィクトリアが公務を終えて部屋に帰ると、何故か部屋に大量のプレゼントが置かれていた。

「ふむ。良い心がけのものがいたようだ」

彼女は誰も見ていないのに偉そうに頷《うなず》くと、プレゼントを物色し始める。一つ一つ包みを解いていく。

なんかちょっと古着みたいなドレス。これは使えないだろ……というイミテーション宝飾品《ほうしょくひん》。埃《ほこり》っぽい絹の手袋。賞味期限が切れていそうな紅茶の缶。めっちゃくちゃ古い男物の豪華な服。リアル半魚人もこもこぬいぐるみ……「当社比、生足美脚度五〇％アップ！」のタグがつけっぱなしである。なんだこれ。

「ゴミか？」

王妃はあらゆる意味で豪速球な感想を放った。

「王妃の部屋をフリーマーケットの景観に変えるとは。随分とユニークなセンスの者が宮廷内にはいるようだ」

そう言ってから、ヴィクトリアは改めて机の上を見やる。

ゴミではないものがひとつだけ混ざっている。

超高い、恐らく一〇〇〇万ゴルド相当の高級ワイン。これだけピカピカである。あきらかに飲んでくださいと言わんばかりに、何故かグラスも用意してある。

わかりやすいほど罠《わな》。それはもう罠。

王妃はワインを開けると、ちょっと匂いを嗅いだ。うーん、毒。舐《な》めなくてもわかる、普通に猛毒！

ヴィクトリア・ウィナー・オーストウェン王妃がワインのポイズンスメルを楽しんでいる時、まさに扉の隙間から一人のご令嬢が様子を窺《うかが》っていた。

見張りの兵士たちは彼女が持ってきた護身用のバールのようなもので殴られて床で伸びていた。

というか、ご婦人に手をあげるわけには……と躊躇《ためら》ったうちに殴り倒されていた。不覚である。

倒れた兵士たちをちょっと横にどけて部屋の中を覗《のぞ》いている女。

彼女こそがこの恐るべき毒殺を企てた張本人、サラ・マーニュであった。

（そこだいけっ、飲んじゃえ！　そしてお腹痛いので苦しめっ！　デルフィーヌ様を守るんだ！　そしたらサラのことをもっと寵愛《ちょうあい》してくださるはず……えへへ……）

サラ・マーニュはデルフィーヌ愛妾が大好きであった。まるでわんこである。ピンクのふわっふわポメラニアンである。

サラにとってデルフィーヌは主人であり『推し』であり、サラは比較的『推し』のためならなんでもする人間だった。迷惑ファンじゃん。

（だって、デルフィーヌ様、ばかなサラにも優しいし！）

今は昔忘れもしない、社交界デビューで怖くて震えていたサラに彼《か》の愛妾は声をかけてくれた。エスコートしてくれて、面白い話で笑わせてくれた、サラの話で笑ってくれた。それだけで救われた気分になった、だから。

（デルフィーヌ様のためにっ！　その腹痛ワインをごくごくって！　王妃様早く！）

飲んだら普通に『死』であるが、サラはよく考えてなかった。普通に阿呆《あほう》である。

ヴィクトリアが瓶の中身を、グラスに注ぐ。

グラスを持ち上げる。口元に持っていく。

（今だいけ――!!）

すっ……とヴィクトリアはグラスをいきなり下ろした。

飲まない。

ヴィクトリアはもう一度口元にワイングラスを持ち上げる。

サラはテンションがすごく上がった。

（今だ――――!!）

やっぱり飲まない。

サラはしゅ――――――んとなった。

うん。全力で遊ばれているのに本人だけが気がついてなかった。

しゅーんとしていたサラは、不意打ちで部屋の扉が開いたことにものすごく驚いた。

目の前に、いきなり黄金の髪の王妃が立ち塞がったのである、眩《まぶ》しい。美しい眼力、美しいワインレッドのドレス姿は迫力満点で、サラはまるで狼《おおかみ》の前のウサギ、ヘビに睨《にら》まれたカエル、ライオンの前の小鹿ちゃんになってしまった。

「なっ、な、なななななっ、なに⁉　なんですか⁉」

「何ではない。そなた、確かマーニュ侯爵領の娘だな？　我に何か用があるなら声をかければよいものを」

現れた女帝は腕を組み、胸をそらして見下しポーズだ。

わあ……すごい……世の中にこんな遥《はる》か高みから人を見下ろすような目をする人っていたんだ……。

「よっ、よよよ用事なんて……っ」

「隠さずともよい。贈り物を我に大量に送りつけるほどには言いたいことがあったのだろう、申せ。この王妃が聞き届けよう」

ヴィクトリアはまるで覇王のように微笑む。

サラはその背景に後光を見た。うわ――王妃様すっごい光ってる、光り輝いている。すごい。すごくすごい！

「なんでもって、なんでもですか？」

「ああ、なんでもだ」

「じゃあ……今夜の夜会は、出ないでいただけると嬉《うれ》しいのですがっ！」

王妃はちょっと黙った。

サラは真面目な顔でヴィクトリアを見つめた。

サラ・マーニュ侯爵令嬢は、身分差だとか立場の差を考慮するのも苦手な上に、オブラートに包む行為が最高に苦手すぎて城ではちょっと浮いている娘であった。

いやかなり浮いていた。高度百五十メートルぐらいにはいた。

「ほう……それは何故だ？」

唐突に失礼発言をかまされても、王妃は堂々としたものであった。

「それは……ひ、秘密ですっ！　サラの大事な人のために、とにかく夜会を欠席していただきたくっ！」

「うむ。それは我を嫌っているのか。怯《おび》えておるのか？」

「そ、そうです！　妃殿下《ひでんか》が怖いって……すごく……だから……」

ああ。怒られちゃう？　怒られちゃうよね。王妃様だって理由もなく夜会を欠席しろなんて言われたら腹が立つに決まってる。もしかしたら、サラここで捕まって牢屋《ろうや》とかに入れられちゃうかも、失礼すぎて縛り首かも。そうしたらデルフィーヌ様は……ど、どうしても王妃様を夜会に出させないように……でもっ、でもどうやって……

「だっ、だからっ、だからあっ、そのっ、え、えっと、あのっ」

不意にビリビリと震えるような低い声で王妃が唸《うな》った。

「落ち着くがよい、王妃の前ぞ、控えよ」

「はっ、はいっ‼」

サラは反射で跪《ひざまず》いた。

威厳が凄すぎて騎士みたいな跪き方をしてしまった。

なんで女の人なのにあんな重低音な声が出せるの。よくわかんないけどすごくすごい。あとなんかすごく偉そう。王様より偉そう。

「よい。お前が自分の大事な相手のため、我を身を呈して止めようとしたのはわかった。その献身、褒めて遣わす」

「え、で、でも、私は王妃様が腹痛になるよう、毒を……」

「よい！！！！」

「はいぃっ！」

王妃ヴィクトリアは魔王ばりの威厳で言った。びりびりと彼女の声で床や壁が震えた。めちゃくちゃ偉そうである。実際偉いし。

「毒入りの酒の件は我しか知らぬ事。そなたの胸の内一つに納めて去るがいい！　この判断を甘いと詰《なじ》るものもいるだろう、王妃たるもの毒殺未遂を許すなど甘すぎると。だが構わぬ。それが忠義のためであるというのならば、我は赦《ゆる》そう。愛のためだというのならば赦そう、それはたしかに悪であるとそなたが自覚しているのならば、我は赦そう！！！」

「じょっ、女王様……ッッッ」

違う。

何故かタイミング良く廊下を通りかかった兵士と、メイドの集団がよくわからないままヴィクトリアの声だけを聞いて拍手をした。なんでだ。

ワインレッドのドレスの王妃は、ふわりとその裾を翻して背中を向ける。背中だけで威厳を語る王妃は令嬢に言う。

「明日の夜会までに、その『大切な人』に伝えるがよい。我は引かぬ、逃げぬ！　夜会にてあいまみえようぞ！！！」

果し合いかな、と通りかかったメイドの何人かが思った。

王妃は振り向き、唇の端だけで少しだけ笑って扉の向こうへと消えた。

夜会まであと三時間。

ところ変わって、王妃のためのドレスが納められた衣装室。

そこに、黒ずくめの怪しい人物が紛れ込んでいた。人影は王妃の私物であるドレスひとつひとつに何かを思い切りぶちまけてから、何も言わずに部屋から出て行った。

メイド長、ブリジット・ディーは大変焦っていた。

王妃の今宵のドレスを見繕おうと扉を開けたら……衣装室に大量に、なんかゴマみたいなものが落ちていたのである。多分なんかの種。

「ぎゃ——っ！　何よこれ！　やった人は尻叩《たた》き百回の刑よ、鞭《むち》でぶん殴るわよ！」

　メイド長らしくない悲鳴をあげながら、ブリジットは部屋の中を掃除しようと試みる。そこで気がついた。

　種は、床だけにあるわけではない。というかむしろ、何かから落ちてきている。多分、その、うん。ドレスから。宝石をふんだんにあしらった美しいドレスから。

「サイテー!!　ちょっと！　王妃様今夜夜会じゃないのよ!!　どうすんのよこれ！」

　叫んではみたが絶望感がすごい。このゴマみたいなやつ……否、服にくっついてくる植物の種、通称くっつきむしをあと三時間で全部剝がせと!?　とても無理である。とてもとても無理である。新しいドレスを用意しなければ。彼女は急いで二つ目の衣装部屋に走って、そこでまた悲鳴をあげた。

　厳重に鍵をかけておいたはずの二つ目の部屋の中も、くっつきむし塗《まみ》れだったのである！　おわかりいただけただろうか！

　タンスの角に小指ぶつけろみたいな些細《ささい》な怨念を百倍にしたみたいな嫌がらせの仕方に、ブリジット・ディーは頭が痛くなった。

　まあ、どんなみみっちい嫌がらせでも、三時間で完璧に綺麗《きれい》にするのは難しい。王妃様の今夜の夜会の衣装がなくなってしまった。

　なんて報告しよう。ブリジット・ディーはとぼとぼと王妃の居室へと向かった。

王妃は言った。

「ふむそうか、では今夜はなしでよい」

「夜会をご欠席ですね？」

「いや？」

王妃はいつもの世界一偉そうな笑みを浮かべた。

「ドレスは要らぬと我は言ったのだ」

夜会当日。デルフィーヌ・ブーケは大輪の花のように勝ち誇っていた。

王妃のドレスが全てだめになり、王妃はドレスを諦めたという噂が社交界の裏側を駆け巡ったからである。

彼女は紫色の扇を開いてほくそ笑む。サラ・マーニュが逃げ帰ってきたのに失望し、自分で黒ずくめの服を着てくっつきむしを大量に撒《ま》いて正解だった。

まあ、黒ずくめの服をわざわざ着込んで種をドレスにすりつけているのを誰かに見られたら人生が終わっていただろうが……。

（ふふ、まあいいのよ……これで今夜はわたくしが勝ったわ、この社交界はわたくしのもの。

今社交界で最も力のあるわたくしと、初めて顔を合わせるパーティで王妃側が逃げたとなれば派閥の流れは完全にわたくしに傾く。

　先代の王様はわたくしのものだし、現王もわたくしのことをよく気にかけてくださる……この地位を失うわけにはいかないわ……！　そう、この社交界は……わたくしが耕した畑みたいなもの……！　貴族はみんなタネイモよ……）

　発想が農家である。

　デルフィーヌは美しくて強そうでしたたかに見える割に、考え方がなんか、こう、農家だった。元々は農業中心男爵家の娘なので、どうしてもそうなってしまう。外遊びに強く、花輪も作れるし、小さい頃は花を摘んで中に入ってる蟻《あり》を捨ててから花の蜜とか舐めてた娘だった。外見から全然そう見えないので、しょっちゅう踊り子あがりに勘違いされるのだけれども。

　礼儀作法が完璧なわりに、変なところで農家知識を披露しがちなところが先代の王に愛された所《ゆ》以《えん》であったが、デルフィーヌ自身はそれに気がついていない。

　というわけで、妖艶でしたたかな農家の公式愛妾は勝ち誇っていた。

　王妃が来ないということは、暫《しばら》く社交界ではデルフィーヌが有利だと囁《ささや》かれるだろう。貴族の世界の女である以上、この世界の駆け引きに勝つことが、ある意味存在意義なのだ。

「デルフィーヌ様、本日も素敵なお召し物ですわね」

「デルフィーヌ様……今日もお美しいですわぁ……」

　ああ、みんながわたくしに群がってくるの、なんて気持ちいい、勝利に酔うってこういうことよね……。

　しかしその幻想は一瞬だった。

　パーティホールの奥、壮麗な階段の上のバルコニーの大扉が、兵士たちの手によって開かれた瞬間、彼女の仮初《かりそめ》の勝利は終わった。

「王様、王妃様のご入場ー！」

（なんですって⁉）

　デルフィーヌはバルコニーを見やる。

　そこに、王と王妃が立っていた。

　王はいつも通りの美しく荘厳なマントを羽織った姿。王妃は――……輝かんばかりの、男装であった。

　一拍置いて、あたりがめちゃくちゃざわざわした。きゃーっと小さく悲鳴をあげた令嬢も多かった。あまりにイケメンである。あまりに輝いている。サンシャイン王妃ヴィクトリアである。

「なっ、な……！　王宮の舞踏会で、王妃が男装ですって⁉　そんな無礼な真似許されると思っているの……⁉」

「許される」

「まあっ、なんて無作法で無礼な……‼　何故か先端だけが二つに割れて出荷できない人参みたいないやな女……‼」

その例えはちょっとわからない。

「いいか、ブーケ嬢。我がルールだ」

ヴィクトリアの後ろで後光が溢《あふ》れ出る幻影をみんなが見た。死ぬほど偉そう。

隣にいたフレデリック王は、いや僕が基本はルールなんだけども……と思ったが、飛び火を食いたくないので黙った。あとから二人きりになった時に、あんまりそういうこと言っちゃダメだよと注意はしよう。

男装の王妃は、微笑みながらゆっくりと階段を降りる。

ヴィクトリアは金色の髪を一つにゆるく結って、後毛すらも美しい。黒いタフタのリボンでまとまった髪の眩《まばゆ》さは光そのもの。深い赤色の上着に、金色の鮮やかな刺繍《ししゅう》。強く真っ直ぐでうつくしい瞳。そして全身から溢れ出す覇王感。どうあっても爽やかな美青年にはなれない。

何人かの古い貴族たちが、あれって昔のフレデリック王の衣服じゃなかったっけ……と思った。

さりげない彼シャツである。

デルフィーヌは咳払《せきばら》いをして、扇で口元を覆った。

「……畏れ多くも国王陛下と貴族諸侯《しょこう》の前で、ご自分がルールだなんて。随分と偉いのですね、王妃様というものは」

「貴族諸侯と言ってもほぼグローリア家だから身内だが。まあ偉いぞ、王妃様だからな」

メンタルオリハルコンか？

一拍置いて王妃は言った。

「しかし、一応我にも礼儀を尽くすという考え方はある」

「……あら、それは知りませんでしたわ。王妃様は覇気がお強くて、誰にも頭を下げぬ女傑と噂されていますもの」

「なるほど、そうか。では一曲相手を」

「話聞いてました？」

頓珍漢《とんちんかん》な返事をされてデルフィーヌはキレそうになったが、王妃が手を差し伸べてきたので挑戦的に手を取った。今の曲はステップが早めのワルツ。踊り慣れない男性パートをさりげなく邪魔して転ばせてやる。

周りの貴族たちは、突如勃発《ぼっぱつ》した王妃vs.先代の王の公式愛妾のバトルに興味津々で目線を向けてくる。化物には化物ぶつけんだよ！　と誰かが興奮した声でささやいた。だれが化物だよ。

ワルツが鳴り響く。二人は、踊り始める。

デルフィーヌは口の端だけで笑う。ダンスで転ぶなんて女性にとっては相当な恥だ。あれだけ、遠まわしに忠告してあげたのに。舞踏会に来るなと、わたくしと派閥を争うなと言ったのに。

それでも来てしまった王妃様には、たっぷり恥をかいてもらおう。

そう思ったはずだった。

（なにっ……なにこれっ……すごい……！）

手を取って回り始めた瞬間、あまりに踊りやすすぎて、リードが上手すぎて、デルフィーヌは完全にされるがままになってしまった。

デルフィーヌが右へ動けばさりげなく体重を支えるように王妃の腕に力がこもる。ターンをすれば支える手の力加減は絶妙だ。

（すごい……踊りやすいわ……こんなの初めて……っ！）

即落ち二コマであった。

体が羽のように軽い。最近毎日ダイエットしても贅肉《ぜいにく》がぷにぷにしてて取れないなと思っていたのに。途中で当初の目的どおり足を引っ掛けようとしても、さらっと避けられる上にその動きまで、ダンスに取り込んでいく……!!

デルフィーヌのターンのところで周りの貴族がわあっと拍手をする。おかしいな、さっきまで険悪なバトルに興味津々じゃなかったっけ。

「デルフィーヌ嬢」

「……なにかしら？」

「我がこうしてダンスを申し込んだのは、そなたと一対一で話す機会が欲しかったからだ」

なるほど、ダンスの間は密着して小声で語れば周りには聞こえないからか、と愛妾は思う。

「そなたは我を好きではなかろう」

「まさか……王妃様を嫌うだなんて」

「そなたがなにをやったかは聞かぬ。そなたの髪にくっつき虫がついていたが、まあ我のドレスとの関連性は聞かぬ」

　普通にバレていた。

「デルフィーヌ嬢、別に嫌おうが構わぬ。そなたの好きに生きよ、生を謳歌《おうか》せよ」

　生を謳歌とか初めて言われたなとデルフィーヌは思った。言葉のチョイスが覇王。

「ただ、取り巻きに……謀反につながるようなことをやらせるのは、やめるがいい」

「……サラですね」

「そうだ。一度目は赦したが、二度目はない。我が許さぬのではない、法が許さぬのだ。あの娘が死ぬのは嫌だろう？」

「……」

　ピンクの子犬のようなサラ。デルフィーヌ様と慕ってきてくれるサラの笑顔がちらついて、小さくため息を吐《つ》く。冷酷に人を切り捨てることが、このデルフィーヌ・ブーケはあまり得意ではなかった。年齢に言及されたり王妃の方がタイプと言われたりして腹を立てた結果、兵士とか執事とかは地味に全部農地送りにしていた。その年の収穫量が上がった。農業万歳。

　サラが死んだら。そう思うと、かすかに胸が痛む。

　王妃がゆっくりとデルフィーヌをリードしながら言う。

「こうして近くで話しているとわかる。情に厚く、なんだかんだで慕うものを捨てられぬのであろう。あのサラという令嬢だって、いつ放り出してもよかったはずなのにそうはしなかった。我はそなたのそういう所が好みだ、愛《う》い。……踊り子生まれとの噂だが、実際は辺境の男爵の娘でありながら、妖艶な容姿と完璧な作法。実に努力を重ねて愛妾となったのだろう、努力をできる娘も良い、実に好みである。先代王の愛妾でなければ我が召し上げていた、そなたがどうであろうと我はそなたを好いている！」

デルフィーヌは王妃が滔々《とうとう》と語る声に言葉を失う。

「――胸に刻んでおけ、我がそなたを好ましく思っている事を」

告白された。

しかも、ダンスのステップでお互いが密着するその合間、最後の一言はふっと耳元に唇を寄せられて囁かれた。かすれたハスキーな声で。乙女ゲームの俺様キャラが急にデレてきたみたいなとんでもねえ破壊力であった。

デルフィーヌは年の功で辛うじて腰砕けになることは耐えた。

（イッケメン…………ッ！！！！！！）

が、心の中は耐え切れてなかった。もう腰どころか全身複雑骨折の勢いでときめいていた。魅了魔法でも使われたか？　という勢いで即落ちしていた。なんだこれ。

一曲が終わる。

そなたとのダンスはとてもよいものだった。王妃はそう言って微笑み、丁寧に男性式の礼を取る。

デルフィーヌも優雅に美しくドレスの裾を持ち上げ宮廷式の礼をした。

きらびやかなダンスに宮廷は実に華やぎ、拍手が飛び交う。貴族たちは最近よくわからないまま拍手をすることばっかりだったので、これは確実に拍手していいタイミングだぞと確信を持って盛大に手を叩いた。

こうして王宮の紫陽花デルフィーヌ・ブーケと、輝ける王妃ヴィクトリア・ウィナー・オーストウェンの邂逅《かいこう》は終わった。

デルフィーヌはとりすました顔で王妃のそばから離れ、そのあともごく普通に過ごしていたが、

その後王宮内に密《ひそ》かに『王妃様にまた男装してほしいファンクラブ』が立ち上がったという。

主催者は『人参好きのとある令嬢』だそうだが、それがだれなのかは不明である。

「そういえば君、結局僕と踊ってくれてないじゃないか」

不意に言われて、夜の寝台の上で王妃は王に視線をやった。夜の寝台というといかがわしい感じ

だが、別に特にいかがわしくはなかった。フレデリック王が急に夜に寂しいと訪ねてきたので、寄り添って過ごしていたのである。

フレデリックは今日は完全に影に徹し、輝かんばかりの男装の王妃が華やかに場を取り仕切ってパーティは終わってしまった。

王妃には令嬢たちが踊りたいと殺到し、王は実質ずっと放置されていた。可哀想。

呆《あき》れたように王妃が言った。

「お前とはいつも踊っているだろう？」

「そう、かもしれないけど……」

フレデリックは寝巻きでちょっと言い淀《よど》む。言い淀んだところで、どすっと重みがきて押し倒され、顔の脇に片手がつかれる。王は王妃を見上げた。さらりと王の顔に王妃の金髪が落ちてくる。

だんだんちょっとこう、押し倒されることに慣れてきたなあ。

フレデリックは訴えた。

「僕だって踊りたかったんだ、君と」

ヴィクトリアは婉然《えんぜん》と微笑む。いつもの覇王感がちょっと薄れて、愛《いと》おしいものを見る目であった。

「実に愛いぞ。よい、今夜は甘やかしてやろう」

セリフは乙女ゲーの俺様キャラであるが。

フレデリック王の頬を白い手が撫《な》でる。眼差しが優しい。そっと顎を撫でる指先は少しだけ艶っぽくて、フレデリックは普通にどきどきした。どっちが女の子だかもうわかんないな。

唇を開いて、とじて。フレデリックは王妃に眼差しを向ける。

「じゃあ、……今から僕と踊ってくれるかい？」

「今から？　なんだ、ここは私が獣性を解放してお前をむさぼる展開じゃないのか」

「今二人きりだからいいけど、そういうこと絶対外では言わないでね、頼むよ」

王家の威信に関わりそう。

王は起き上がり、王妃を体の上から下ろす。豪奢《ごうしゃ》な部屋の端に置かれていたレコードを少し調整してかけると、小さい音で静かなワルツが流れ出す。小夜鳴鳥《ナイチンゲール》のワルツ。夜にふっと迷い込んだ小鳥が歌うような、ひそやかでうつくしいワルツ。

差し込んでくる青い月明かりと相まって、部屋の中が小さなダンスホールになる。

王は手を差し伸べる。一度は婚約破棄を申し渡した、元婚約者に。

（彼女があの時僕を止めてくれていなければ、きっと今の僕はない）

いい感じに思い出しているが、貴族諸侯の前で王が口説き落とされたあの時の話がめっちゃ民の間で語り草になったことをフレデリック王は知らなかった。知らぬがなんとやらである。

王妃は寝台から立ち上がり、金の髪を揺らして王に歩み寄った。

「踊ろう、ヴィクトリア」

「仕方がないな、フレデリックはうさぎのように寂しがりだ」

「僕がうさぎなら君はライオンだね……メスだけどたてがみある感じの……」

超偉そうで抗《あらが》えない感じがよく出ている。

王の手を取って、ネグリジェの王妃は踊り始めた。くるくると美しく、たおやかに支えられて。レコードのかける音楽の中、二人きりでステップを踏む。いまだけは僕だけのヴィクトリアだ、とフレデリック王は思った。今なら、もしかしたら。男らしくそっと抱きしめて、口づけすることが許されるんじゃないか。いつもは勝気で女王様みたいなヴィクトリアだけど、いまだけは。

フレデリックは音楽の途中で足をとめ、王妃の美しい目の中を覗き込む。

そっと唇に触れ――……

触れた瞬間にめっちゃ濃厚に上手なキスをされた。

超うまい。ボロ負けである。

「なんで君はいつもそうなんだ⁉」

「怒るな、実に愛いぞ。寵愛を与えてやろう」

「どう考えても王妃のセリフじゃないよね今の？」

笑いながらヴィクトリアは王をベッドまで引っ張っていく。

次の日の朝、王が顔を覆って寝台の中で蹲《うずくま》りヴィクトリアが満足げに葉巻をふかしている様がメイド長ブリジットによって目撃されたとか、されなかったとか。

今日も相変わらず、ヴィクトリア王妃は世界一偉そうである。

三章　世界一偉そうな王妃は恋の罠《わな》に魅了されない

王と王妃の婚姻が終わり、パレードが終わり、外部・身内へのお披露目のパーティが終わって王宮は少しの落ち着きを取り戻していた。

なんてことのない昼下がり。その王宮の中庭にて、二人のドレスの娘が向かい合って立っていた。

一人は我らが輝ける王妃、ヴィクトリア・ウィナー・オーストウェン。もう一人は……かつて王を奪おうとしたが完全に金目当てだった現金娘、可憐《かれん》なる男爵令嬢、マリア・カタリアであった。

「よく来たな、我が居城へ」

「魔王が勇者を出迎える時のセリフみたいですね、お姉さま！」

相変わらず超かっこいい。

ヴィクトリアを訪ねてやってきたマリアは、彼女の相変わらずの女帝ムーヴにうっとりしてから、はっと用件を思い出して勧められた椅子に座った。

そうだ。彼女に、今日は忠告をしにきたのだ。お姉さまがあんな男の毒牙にかからないように、わたくしがちゃんと教えてあげなくちゃ。

蝶《ちょう》がひらひらと庭園を飛んでいく。

メイドがさりげなく時折やってきてお茶を新しく出してくれたり、お菓子を追加してくれる。あんなことをしたマリアにも分け隔てなく。

（言い出すタイミングが摑《つか》めないわ……機密事項だからメイドさんがいると困るのに……）

じりじりしながらマリアは紅茶を飲んだ。

メイドさんが優しく、「ケーキをもう一切れいかがです？」とか聞いてくれる。めっちゃ優しいじゃん。好き。すごい居心地がいい。住みたい。

宮廷がこんなに居心地がいいなんて予想外だった。

王子を寝取ろうとした身分の低い身の程知らずの女、というイメージは……なんかもう、大体忘れられているらしかった。あの婚約破棄の一騒動は、結局大勢の前で王妃がフレデリック王を口説き落として終わったので、今では『そんな痴話《ちわ》喧嘩《げんか》もありましたな』で雑に片付けられているらしい。

この国、雑が過ぎる。滅びそうである。変なところでめちゃ豪運の国王が多いので幸い滅びていないが。

「さて」

不意に、ヴィクトリアが言って、片手をすっと振った。メイドたちが頭を下げて片付けを始める。

「本日は何の用事だ？　メイドたちがいては話し辛かろう。わざわざカタリア男爵令嬢が我に会いに来る程の用事だ、内容も気になるというものだ」

まだ、耳がある。もう少しメイドたちが離れてから。

そう思って、にっこりと令嬢は笑う。世間話をもう少しだけ延長して、それから心の準備をしなければ。

「王妃様はわたくしのお姉さまですもの、たまには顔が見たくなります」

「同じ男を取り合った仲とは思えぬ発言、実に剛毅《ごうき》なことよ」

常にめちゃくちゃ剛毅どころか覇王な王妃様に言われると複雑どころではない。

「取り合っただなんて。わたくしが見ていたのは最初から家を存続させるお金だったのですから。フレデリック陛下のことは勿論《もちろん》今もお慕いもうしあげておりますが、それは恋ではございません……今も昔も」

恋よりも、かわいい馬とかの首とか撫《な》でて『いいこだね～』と抱きしめたいような気持ちかもとマリアは考える。フレデリック王は妙なところで庇護欲《ひごよく》をそそる人だったから。好きだった、でも恋ではなかった。お金も目当てだった。その時点で多分、勝てるわけがなかった。

「王妃様は陛下自身を心より愛していらっしゃった、最初からお互い乗っていたステージが違いましたのよ」

「そうだろうとも。我はフレデリックを深く愛しておる。昼も夜も大変に愛《う》い」

コイバナが始まったことを察したのか、メイドたちは急いで撤退した。空気が読める。

周りから人がいなくなった。

にこりと愛くるしい顔に笑みを浮かべて見せた後で、マリアは一つ息を吐いた。

ああ、やっと言える。

先ほどまで和やかだった空気が、少しだけ冷えた。

「本題です。ヴィクトリアお姉さま……本日わたくしが来たのは、忠告のためにございます。あの男より先に王妃様のそばに侍ることができて、幸いでございました」

「あの男？」

「はい。あの男……本日、王妃様の護衛術士に新たな男が配属されます。それは、カタリア男爵家の親戚の、術士です」

「ふむ、それで？」

ヴィクトリアは傲岸《ごうがん》不遜《ふそん》に顎を上げて尋ねる。マリアは生真面目な顔で言った。

「その男に気を許してはなりません、距離を詰めさせてはなりません、目を合わせて見つめあってもいけません。その男は……私の従兄弟《いとこ》は……妖精の加護ある魅了眼の持ち主です。決してお心を動かされませんよう」

男爵令嬢は息を吸って吐き、勢いよく吐き捨てた。

「身内だからこそ申し上げますが……くそのようなヒモ気質なのでうっかり養っちゃだめですよお姉さま!!」

豪速球であった。

宮廷の廊下を、目が覚めるような美男子が歩いていた。黒い髪に輝くような緑の瞳をした男だ。体つきは均整の取れた逞《たくま》しさ、顔は精悍《せいかん》で美しい。

服は複雑な紋様を織り込んだ、宮廷術士ならではの瀟洒《しょうしゃ》なローブである。まだ新品なのか、服には一切の汚れがない。

彼はふっと廊下に張り巡らされた鏡を見た。軽く流し目する。ウィンクして見せる。当然のことながら、鏡の中の彼も似たようなことをする。

ふ、と彼は気付く。首筋に赤い口紅マークがついている。いっけね、さっき暗がりに連れ込んだメイドさんに『今夜部屋に来てね……』ってキスされたの忘れてた。青年はごしごしと口紅を擦って落とした。

「よっし、今日もオレイケメン！　かっこいい！　世界で一番イケメンじゃね？」

彼はめちゃくちゃなナルシストであった。

水に映った自分を見て『ヤベー美男子見つけた』ってまじめに言えるタイプ。

「外国で長々遊んでたけどぉ、最近戻ってきて正解だったわ、王妃様付き術士なんて美味しい仕事募集してるなんてラッキー。術士免許S取っといてよかったぁ。公務員さいこーう！」

口調がめっちゃチャラい。廊下の向こうをちらっと横切った騎士が不審な顔をしていたが、王室付きのローブを着ている人間には不審者のレッテルも貼れずに通り過ぎた。

「王妃様付きの術士として働いて～、そんで王妃様をちょちょいっと誑《たぶら》かして愛人の位置に収まればさ～、一生遊べるんじゃね？　オレイケメンだし、魔力つえーし、それにぃ……」

ぼう、と緑の瞳が妖しく光った。見つめられた者は男であろうが女であろうが誑かされる、妖精の加護がある魔眼。

「これがあれば、十九歳のお嬢さん誑かすとか簡単でしょー！　今の王様優しくて人畜無害っぽいしちょっとバカっぽいし、女の子って割とダメ男好きだし～！　そしたらオレの人生薔薇色《ばらいろ》！」

発言があまりにちゃらんぽらんである。術士の免許持ちとは思えない考えの浅さである。それもそのはず、この男、術の勉強を一切しないで試験に受かった完全天才型であった。妖精の魔眼も本物なら、術の威力も本物だ。天才となんとかは紙一重を地で行く人間だ。

「待っててね王妃ちゃん！　君のイケメンが今行くよ～！」

彼は外国に行っていたので、この国の王妃がどういう人なのか何も知らなかったのである。

マジで知識がゼロだったのである。無知って怖い。


「なんか、すごく失礼なことを言われた気がするよ……」

公務中のフレデリックはちょっと身を震わせて呟《つぶや》いた。

マリア・カタリアを客室まで送り届けてから手伝いにやってきたヴィクトリアが微かに眉を寄せ

る。手伝う、と言っても、優雅に偉そうに専用の革張り椅子に座って足を組み、公務に関する議論を王と延々とするだけだが。

足を組み換えただけで溢《あふ》れ出る威厳、偉いオーラ。座ってるだけで彼女は今日も覇王である。偉そう。

しかしその偉そうなヴィクトリアは、今は微かに顔をしかめていた。

「奇遇だな、我も失礼な事を考えた無礼者の気配を察した。速やかに注意せねば」

「はいはい、いきなり王妃様が出ていったら相手が驚いちゃうよ。……なんだろうね、虫の知らせってやつなのかな……このいやな感じ」

「虫であろうがなんであろうが構わぬが。まあ、来ないものは来ない、来るものはどうしたって来るであろう」

王妃は夕暮れの空を見上げる。何かを予感したようなその言い方に、フレデリックは少しだけ黙った。ヴィクトリアは何かを隠していそうだ。フレデリックがまだ知らないことを。それはなんだろう。彼女だけが感知していて、僕が知らないこと。

助けてあげたい。力になりたいのに。それなのに君はいつだってかっこよくて、一人で前を走る。女帝で覇王で移動要塞とか戦車みたいなかんじで周りを引き潰して地ならししながら走る。本人が破壊力と攻撃力がありすぎて、ぶっちゃけフレデリックは何もやることがない。

しかし、まあ、尋ねるくらいはしてみようと王は思った。

「……何か、心配事があるのかい？　その、話したくないかもしれないけど、よかったら、僕が力になるよ。王様だし」

「うむ」

「ああ、そうだよね、ヴィクトリアは話したくないか。それじゃあ……」

「我を誑かそうとする男が来るらしいのだが」

　普通に話すのかよ。

　事情を聞いて、フレデリック王は黙った。ヴィクトリアが誑かされるヴィジョンがどうしても見えなかったのである。覇王だし。女帝だし。

　でも、もしも。もしも魅了魔術で彼女が誰かに恋をしたような目をしたら。それはちょっと……嫌だった。

「わかったよ、ヴィクトリアは僕が守ってみせる」

　フレデリックは勇ましく言った。彼の心持ちではヒロインを守るヒーローの気分だ。

　王妃は毛を逆立てたうさぎを見るような目で王を見た。

　この王妃、あまりに人に守られた経験がないので反応に困って言葉を飲み込んだのであった。生来から覇王ムーヴの女を誰が守るとか宣言するというのか。

　彼女は暫《しば》し考えた結果、美しく微笑んだ。

「よい、その心がけ、大儀である」

ヒロインじゃなくてどう聞いても女帝の受け答えであった。

王家の客室に招かれ、寛《くつろ》いでいたマリア・カタリア男爵令嬢はふわ、と小さくあくびをした。

今日で王宮への滞在は三日目だ。一日で帰ろうと思ったのだが、ヴィクトリアを毒牙にかけようとする従兄弟の動向が気になって残ってしまった。

おかげで三日間、優雅に過ごさせてもらっている。メイドさんのご厚意に甘えて薔薇風呂を作ってもらったり、美味しいお菓子でティーパーティしたり。

うん。本来の目的を忘れがちになる。

(でっ、でも！　お姉さまがあれから何も言っていらっしゃらないからつい、王宮生活楽しんじゃうだけで！　私のおうち辺境の男爵家なんだもの……！)

というか、王宮であの日から彼女の姿を見ていないというのもある。

王の姿も見ない。二人とも公務が忙しく、奥の宮殿……後宮に籠《こも》っているとのことだった。

「何か、あの男が御迷惑をおかけした結果でなければいいけれど……」

そう、彼女がひとりごちた時だった。

窓が、きぃ、と小さな音をさせて開く気配がした。振り返る。息を飲む。

窓のところに、月をバックに人影が立っていた。美しい黒髪、精悍な顔。うるわしの宮廷術士のローブ、口元には女を狂わせる甘い微笑み――。

まあ不審者である。

「通報！」

マリアは躊躇《ためら》いなく部屋に置かれた金色のベルに手を伸ばした。それを鳴らすと大音量で音が城周りに拡散され、兵士たちが駆けつけてくるマジックアイテムだ。つよい。

不審者は当たり前に慌てた。

「うわー！　何やってくれちゃってんの⁉　そんなの鳴らされたらオレ捕まっちゃうでしょ！　公務員なのに前科持ちはまずーい！」

馴染みのある声だった。男爵令嬢はふっと警戒を解いた、ふりをした。別にこのまま通報しても良かったんだぞ、この馬鹿いとこ。

「ミカエル兄さま……。いとこ同士の関係とはいえ、女性の部屋に突然窓から入ってくればこうなるのは当然では？」

「普通の女の子はきゃーって喜ぶじゃん？　オレが夜中に訪ねてきたら大喜びじゃん？　ほらイケメンだし」

「わたくし、兄さまの妖精の魔眼は見慣れてしまったので」

「そうだよねー、マリアはオレにメロメロになってくれないもんなー？　悲しいよなあ！」

黒髪の天使と諸外国であだ名された美青年は、大仰に両手を広げて嘆いてみせる。

「まあそれはそれとしてさあ。マリア、お前何か王妃ちゃんに吹き込んだ？」

唐突な質問だった。

マリアはぴくりと反応したが、平静を装って顔を逸らした。

「いえ、何も」

「嘘《うそ》じゃん！　嘘つくなよなー！」

ちっ、この男面倒臭い。正直カタリア家にとって毒でしかないこの男に関して、男爵令嬢、マジで興味がなかった。マジマジのマジでミリ単位も興味がなかった。

しかしミカエルが部屋に居座っているので、礼儀として仕方なく会話を繋《つな》いだ。女は愛嬌《あいきょう》よね。

「ミカエル兄さま、王妃様と何かありましたの？」

「それがさー、オレ三日前に配属されたじゃん？」

「そうですね」

「それで三日間王妃ちゃんに会えてねーんだけどー？　あきらかに避けられてるんだけどー」

「嫌われているのでは？」

ミカエルは「ふふん」とどや顔をする。むかつく。

「そーんなわけないでしょー！　オレ、外国でも女の子に困ったことないし、この魔眼とオレの美貌と、三時間かける肌の手入れと軽い化粧とお洒落《しゃれ》ファッションセンスで女の子はみんなイチコロだしさー！」

女子か？

「……はい。ええ、えーっと、魔眼の力だけでもいくらでも魅了できるのにもかかわらず、外見磨きに死ぬほど努力していらっしゃるミカエル兄さまの努力は認めますけれども……」

「でっしょー？　もうモテて然るべきじゃん！　で、思ったんだけど。かっこよくて天才だから、まあオレみたいな男は王妃様の愛人とかがふさわしいよなー？　王妃ちゃんもオレみたいな男に愛されたら嬉《うれ》しいだろー？ってさー。オレが王妃の愛人になればカタリア家にだって益があるわけだし」

「その底なしの自信どこから湧いてくるんです？」

益がある云々《うんぬん》はちょっと興味あるけれども。カタリア家のお金になるならとか思うけども。でも、ミカエル兄さまをヴィクトリアお姉様に近づけるわけにはいかないわよね、普通にね。

男爵令嬢は静かにそのまま窓を閉めようとした。普通にミカエルは落ちかけたが、極度に運がよくかろうじて窓枠に踏みとどまった。イケメンが両手両足を突っ張って窓枠に頑張って止まる図はなかなかレアではないだろうか。ちょっとセミみたい。

「セミの物真似ですか、ミカエル兄さま！」

「急にテンション上げてくんじゃん」

セミ状態になりながら、ミカエルは真面目な顔をした。

シュールである。

「オレはさ～、お前の大大大好きな王妃サマを絶対に落としてみせるよ？　まあオレの魅力に揺らがない女の子なんていないけど～！　綺麗《きれい》なミルク肌になる秘訣《ひけつ》とか教えてあげる～みたいな会話から上手く入ればオーバーキル！」

通じなさそう。

そう言う間もなく、ミカエルは窓から飛び降りてどこぞへと飛んでいった。

暫《しばら》くそれを見送ってから、マリアはひとりごちた。

「それにしてもミカエル兄さまって……」

うーん、魅了の魔眼とかいうチートがある割に手口が昔からめっちゃ地味よね！

その頃、ヴィクトリア王妃は後宮にいた。

宮廷の奥にある後宮は、随分前から掃除だけされていた建物だった。先代の王はもう年齢も随分と上になっていて新たな妾《めかけ》を持たず、現王フレデリックはヴィクトリア以外を召し上げることをしなかったので、まあ宝の持ち腐れになっていたのだ。

その後宮の最奥、正妃用の部屋で、ヴィクトリアはこの三日を過ごした。覇王のような彼女が、この部屋におとなしく押し込められているのである。何があったんだよマジで。

「フレデリック……」

「うん、なんだい？」

「我は外へ行きたい」

「守られているのが嫌になったのかい？」

「そうではないが」

　ヴィクトリアは陰鬱な表情で言った。普段の輝けるような覇王のオーラが微塵《みじん》もなく、ため息をつく彼女は十九歳の麗しい姫に見えた。

　多分目の錯覚。

「とにかく、だめだよ。だってここから出したら他の男が君をとりにくるかもしれないんだろう？」

　王は王妃の言葉にあまり耳をかさず、そっとその金髪を愛《いと》おしむように撫でる。いつものウサギチャン感が抜けたような、独占欲をにじませた声であった。

　王妃は顔を上げた。

　突然後光（幻）がさした。突然の女帝。

「フレデリック、我がお前以外を選ぶわけがなかろう？　こんなにも寵《ちょう》をかけ、愛し、守り、慈しんでいるお前以外を？　そんなわけがない、だがそんな不安がるところも愛い！　我は愛そう」

「君そういうところだぞ!!」

　なんとなーく艶っぽい空気が一瞬でぶっ壊れた。フレデリックはいきなり口説かれて普通にどきどきした。かっこいい。やっぱ好き。

「ところでなんで外に行きたかったんだい？」

「暇なのだ」

「そっかあ……」

　さて。

『相手は魅了眼《みりょうがん》の持ち主』『高位の術者』ということを伝えたところ、フレデリックは対魔の指輪を錬金塔に依頼した。明日納品される指輪があれば魅了が無効化できる、それが完成するまでの二人きりの引きこもり生活であった。

　愛するものに「君を守るため」と引きこもりへの付き添いを頼まれたら、覇王たる王妃だとしてもまあ普通に受ける。

　フレデリック王は地味におねだりの仕方が上手だった。

「しかし、飯や着付けまでそなたがすることはなかったであろうが」

「万が一メイドや執事に化けられたら見抜けないかもしれないからね……それともヴィクトリアがご飯作ってくれる？」

「台所を戦場にした後一面焼け野原にしてやろうぞ」

　どこの戦国大名だよ。

　王は、手に持っていた金のトレイをそっとテーブルに置いた。自作の、めっちゃあちこち焦げてる白い粥《かゆ》……のような何かであった。ちゃんと二人分ある。所々謎の紫の野菜みたいなものが見え隠れしていて食べるのに危険を覚える感じのやつである。

王はメシマズであった。

食べる。うん、普通にまずい。

フレデリックは自分の料理に絶望して静かにスプーンを置いたが、ヴィクトリアは黙々と食べ続けている。なんかとても申し訳ない。

「ごめんね、ヴィクトリア。君を閉じ込めてまずいご飯食べさせるなんてだめなのは分かってるんだけど……」

「愛おしいものが作った飯がまずい訳がなかろう？　愛い奴よ」

（かっこいい……）

トゥンク。いやそうじゃなくて。

「……んんっ、ええっと、魔術をかけられる可能性はいつだってある。加護を固められるまでは、そばで君を守りたいんだ。僕に、君を守らせてくれ。……今は、僕のそばにいてくれ」

フレデリックは精一杯格好をつけた。王様なのでそれなりに様になる。

「――望まれれば応えよう。それが、王妃たる我の生きる道よ」

うーん、言葉のチョイスが覇王。優勝。

彼女は立ち上がる。ぐしゃっとしたドレスだが、まるで亡国の帝王のように威厳に満ちている。

「そなたは王で、我は王妃。フレデリックが望むならばどんな願いも叶《かな》えようとも。それがお前を愛する我の喜びよ。どれだけまずい飯を食わせられようと構わぬ。服が着つけられずともよい。食が満ち足り、衣服が整えられていることが愛の条件であるわけではない、お前が焦土でも構わぬというのならば我が食事でお前を満たそう！　我がそなたの服すら繕おう！　我が愛でお前を包もう！」

（かっこよさ負けてる気がする悔しいでもカッコイイ……ッッッ！！！！）

どきどきしたフレデリックはイケメン路線からあっという間に転がり落ちた。だめじゃん。

そっと髪を撫でられる。手が優しい。覗《のぞ》き込んでくる目が愛しみに満ちている。フレデリックは普通にときめいた。

あっ、いや流されたらいつもと同じになってしまう……！　せっかく格好つけたのに！　ヴィクトリアのイケメンムーヴなんかに絶対負けな……！

「我の愛で満たされるがよい」

「はいぃ……」

即落ちである。残念！

なんかもういろいろとだめだった。自動塩水生成機《じどうしおみずせいせいき》、結婚してからも時折ときめきすぎてオーバーヒートしそうであった。

——その時、二人の間の砂糖漬けの空気を破って、突然扉がぶっ飛んだ。

比喩《ひゆ》ではない。

後宮の最奥、中庭に面した正妃の部屋の扉が、物理的に破壊されたのである。


扉が物理的にぶっ飛ぶすこーし前。

ミカエルは護衛術士の部隊長に呼びだされ、夜の空中巡回を命令されていた。王妃を狙うダメヒモ男、まじめに夜勤である。偉い。

護衛術士が詰めている魔術塔は、夜は静かだ。ミカエルはここ最近入った新人のため、研修も兼ねて数日間泊まり込みの期間だった。

「オレ夜警ですかぁー?」

思わずため息をついてしまう。王妃ちゃんに会いたいのに今日も会えずに終わりそう!

堅物の隊長は真面目な顔をして言った。

「語尾を伸ばすな。ミカエル・カタリア、お前は王妃付きだが、ここ数日王妃様は術士を護衛から外している事は知っているな？　その間の、給料分のシフトの穴埋めというか……」

宮廷術士、勤務形態がバイト。

「王妃様に会えないのでやる気ないっす」

「真面目にやれ」

モチベそれだけか？

しかしこの男、実力だけはあって、入隊試験でベテラン魔道士を十五人ほど片手で捻《ひね》ったことは密《ひそ》やかに噂《うわさ》になっていた。実力で言うなら上位術士レベル、しかも妖精の加護と魔眼持ち。天才の噂も名高い、噂通りの実力だ。まあ性格あれだけど。

実力あるけど態度の悪い新人って本当むかつくなと隊長は思った。

「とにかく行け行け、夜は死霊や魔物が時折飛んでくる、見つけたら始末してよし」

「はぁーい。警備用の乗り物とかありますか？」

「古い箒《ほうき》がある。多少ガタが来ているが乗れるだろう、使え」

「うわっ、古典的ぃ」

ミカエルは笑いながら箒置き場に向かった。

木でできた小さな扉を開けると、いかにも古そうな箒がたくさん壁にかけられていた。保存状態はいいが、相当古そうだ。五十年ものくらいだろうか？　強い魔力流したら速攻で壊れるかもしれない。

「まあこれでいっか」

ミカエルは適当に一本を手に取って飛んだ。夜の初哨戒《しょうかい》、出発だ。

そして落ちた。

うん。

魔力が強すぎて箒が全く持たなかった。

ひゅ―――――ん。

（えっ？　マジで？　スカイダイビングじゃ―――ん！！！）

それどころじゃないし普通に魔法使わないと死ぬ。

死を回避するために、早口で防護の魔法だけかけて、イケメンはごろごろごろっと転がった。

そのまま、本人は何処《どこ》だかわかんない部屋の扉をぶち破った。

扉が飛んで、もうもうと煙が上がった。

唇が重なりかけたところで固まっていたフレデリックは、突如部屋の中に人が転がり込んできたので死ぬほどびっくりした。寧《むし》ろ心臓が固まった。

その場にいたヴィクトリアが瞬間的にフレデリックの心臓にパンチしてなかったらそのまま死んでたかもしれない。なんでいきなりパンチしたの。

「いっった……⁉」

「うむ、生きておるな。よし」

「ヴィクトリアも無事だね……」

王妃の無事を確認してから、フレデリックは顔を上げる。なんか部屋の中にボロ雑巾みたいなものが落ちていた。

紫の宮廷術師のローブ。ぷすぷすと煙を上げている箒と、落ちてきたボロ雑巾の様子で大体フレデリックは察した。今度もっと護衛術士隊にいい箒を買ってあげよう。

「大丈夫かい……？」

王は歩み寄り、青年をそっと揺り起こした。半分気絶していた青年が目を開く。

――緑の、魔眼。妖精の魔眼！

それだけで王は察した、こいつ、ヴィクトリアを狙ってるやつだ！

反射で目を逸らそうとしたが、まあ普通にばっちり見てしまった。やべえ。

しかし、逸らしてもだめだった。バッチリ魅了が入ってしまった。それはもうメロメロになってしまった。

相手の方が。

綺麗なカウンターであった。純血の王族は膨大な魔力を持っている事が多い。それ故の、自動発動のカウンター。それが、フレデリックを守った。

（あれ⁉　なんかこのお兄さんめっちゃ綺麗じゃねーの⁉　好き！）

魅了の魔眼を反射されたミカエルは、まあ当たり前におかしくなった。

心配そうに覗き込んでくる青年の顔がめっちゃ魅力的に見える。惚《ほ》れる。好き。いやオレ好きなの女の子だけど。なんかこう人間的に、この顔好き！

髪の毛は薄茶でちょーっと地味だけど顔綺麗だしイケメンだし睫毛《まつげ》長いし目が優しそうだしイケメンだし……イケメンだし……

穴が開くほど見つめられてフレデリックはなんか恥ずかしくてもじもじした。

「こほん。あの、……君がもしかして、マリアの知り合いかな？　ヴィクトリアの事を狙ってるっていう……？」

「えっ、あっ、はい、そうっす、王妃様のヒモが夢でっす」

素直だなー。

「でも今はお兄さんの方に興味あります、お兄さん、ちょっとオレの部屋行きません？　あと魔導メッセのアド教えて」

「うん？」

カオス。なんだこれ。

「フレデリックを部屋に連れ込むのも魔導メッセで恋文を交わすのも我だけの特権だが？」

更にカオスになった。覇王が割り込んできた。

ミカエルは胡乱《うろん》な顔をして目線を上げた。

「は～？　今オレがお兄さんと話して……あれ？　もしかしてオレがずっと探してた王妃様？」

「その通り。その男の伴侶よ」

その時、術士は思い出した。そういえばオレ、この王妃様を口説くために来たんじゃん？　魅了の魔眼をこの子にかけるために来たわけで？

ミカエルはフラフラと立ち上がる。本人の対魔力が少しだけ魅了に効いた形であった。

「……お目にかかれて光栄です、王妃様。よければオレを愛人にしてみない？」

夫婦どっちもを同時に口説くな。

「王様のミルクティー色の髪も好きだけど、王妃様の蜂蜜みたいな髪もオレ超好みだよ。毎日髪を美しく梳《と》いて、オレに君を着飾らせてよ、蜂蜜色の王妃様……オレちゃんと尽くすし、色々と満足させるつもりだし、毎日綺麗にコーディネートして君がもっと舞踏会の花になれるように力添えするからさ……」

どっちかっていうと舞踏会の大樹。

彼はふらふらとヴィクトリアに近づいて本来の目的を達しようとする。腰を抱き寄せて顎を持ち上げようとする。緑の魔眼がぼうっと光――……効かない！

何こいつ。電気を流しても電気が通らないゴムみたいな感覚で魅了を弾かれる。あと魔力の気配が全くしないな？

「ヴィクトリア……！」

フレデリックが慌てて割り込んで止めに入る。ミカエルは直後にフレデリックの顎を摑んで目を合わせた。なんで。

「いや、王妃様もいいけど王様も着飾らせたい。超着飾らせたい。絶対いろんな服着せたらどれもイケメンじゃん、超見たい、一緒に出かけたい」

後半に魅了の影響がダダ漏れしていた。もうぐっだぐだである。だから夫婦両方を同時に口説くな。

――その直後だった。

「我の男に触れるでないわ」

超超超重低音がびりびりと落雷のように響いた。

びっくりしてミカエルの腰が抜けた。弱い。

ヴィクトリアはフレデリックの腕をぐいと引っ張って引き寄せる。勝手に王の腰の剣を取り上げると鞘《さや》を払い、床に転がっている魔術師相手に突きつける。

王を庇《かば》って剣を抜く王妃。超強そう。でもなんか逆だな。

ヴィクトリア・ウィナー・オーストウェン王妃は顎を上げて居丈高《いたけだか》にミカエルを見下ろした。

「よいか、術士。我は寛大だが、我の男に手を出す者には容赦はせぬ。愛は偉大だが、愛の前に全てが許されるわけではない。貴様が今することは、フレデリックを直に口説くことではない。我を見よ、そして戦え！　この男の人生を共に歩むのは我であると、貴様に叩《たた》き込んでやろう！！！」

「ひえっ……!!」

こっわ。封印の解けた魔王じゃね？

魅了魔術が吹っ飛びかけるぐらいには怖かった。ミカエルは蛇に睨《にら》まれたカエルちゃんになってしまった。怖すぎ。ビビりまくって動けない。

実はこの魅了魔眼の天才ミカエル、小さい頃からあらゆる意味で恵まれすぎて、まっっったく叱られ慣れていなかった。天才故に甘やかされまくって育ったボンボンだったのである。イケメンで天才なので女の子はちやほやする、親もちやほやする、もうみんなちやほやする、そんな世界しか知らない。

つまりまあ、冷たい水に足先から慣らすこともせず、いきなり飛び込んだら死ぬ。

まさしくそれであった。

「ご、ごごごごめんなさいぃぃ……!!」

弱い。

「すみませんでしたぁ……！！！　王様はなんか顔が超好みで部屋に連れ込みたいけどしませんごめんなさいぃぃぃぃ……！！！！」

ビビりまくった天才は平謝りした。超素直。

こんな王妃攻略しようとか無理じゃん⁉　と青年はやっと世界の真実に辿《たど》り着く。魅了魔術への抵抗でメンタルがふらふらしていたとはいえ、さっきよくオレあんなすらすら口説けたな！　怖いもの知らず！

魅了の魔眼持ちだから相手の情報何もなくていいや～、勝手に惚れてくれるし～、とか思っていたら大火傷《おおやけど》した感じであった。

人生舐《な》めプで来て、初めての大火傷。泣きそう。

その時、突きつけられていた剣がさっと引かれて、ミカエルはちょっとまともに息ができるようになった。

　顔を上げる。金色の髪を揺らして、王妃は颯爽《さっそう》と微笑む。

「よかろう、今の謝罪、しかと受け取った」

「えっ……」

　ヴィクトリアはフレデリックをそっと放すと、床にへたり込んでいるミカエルのそばに膝をつく。

「我の男を口説く事は許さぬが、王を慕うその心はよい、赦《ゆる》そう。それにそなた、そのローブは我の護衛術士だな？　それならば共に来い、我は王妃にして王の第一の腹心よ。王を愛するならば、我に従え。共に王のそばに侍り、支え、叱咤《しった》し、良き国を作ろうぞ。――王を慕う術士よ、我のものとなるがいい」

（うわ―――っ、イケメンじゃん好きになる――――っ！！！！　超怖いけど超かっけ―――――！！！！）

　ミカエル・カタリアは、超惚れっぽい男であった。

「お姉さま……！！！！」

「うむ、お姉さまと呼ぶがよい」

　デジャヴ。

　なんだろう、血筋かな。

黄金色の黄昏《たそがれ》が世界を染めていた。繊細な砂糖細工のような城の上、宮廷のバルコニーに二つの人影があった。ヴィクトリア王妃とフレデリック王である。

美しい猫足の白テーブルの上には、香る紅茶と、ミントの載った真っ白なケーキが置かれている。王妃の趣味による夕方のティータイムであった。

「……昨夜のことだが」

不意に王妃が口火を切ったので、王はふっと顔を上げた。

昨夜。後宮の扉を吹っ飛ばして術士が転がり落ちてきた話の顛末《てんまつ》は、扉の修復費用の一部を術士に負担させることと、詰所の箒を新調することで決着がついた。

マリア・カタリアはミカエルに思い切り張り手したが、ヴィクトリアが無事だと知るとそれだけで済ませてさっさと領地に帰った。現金なご令嬢、相変わらず現金であった。けれど多分、彼女が言っているのはそういう事件全体の流れとは違うところにあるんだろうな、とフレデリックは見当をつける。

「うん、どうしたんだい？」

「何、昨日のあのミカエルとかいう術士とお前のやりとりを見てな、我にも弱いところはあると自覚したまでよ」

どのやり取りだろう……と王は思ったが、それよりもその後の強烈な言葉の違和感が引っかかって、思わず深掘りせずに突っ込んでしまった。

「君が弱い？」

「我にも弱さはあるのだ。この我にもな。イディア女神の小指というやつよ」

君が弱いならきっと世界のどっかにいるっていう伝説の竜とかも弱いし、神殺しの英雄とかも弱いし、神代から生きてる巨人とかも弱いよと考えてからフレデリックは黙った。

彼女は透明な紅茶を銀のスプーンでかき回し、ゆるゆるとできるうつくしい波紋を眺める。静かな瞳は、まるで考えの読みにくい高貴な猫の目を見ているようだった。

「君に弱点があるとしたらそれは僕が補強する。君は僕が間違えそうになった時に正してくれた。いつだって助けられている、だから僕が手伝えることなら、なんでも」

黄金の光の中、蜂蜜色の髪を夕暮れの風に揺らしている彼女は、感情の読めない瞳でこちらを見る。ふっと、その唇がいつもの傲岸不遜な笑みを取り戻した。

「ほう。では頼もう」

「僕がなんとかできることなのか？」

「お前にしか頼めぬと思っていたところでな、我の望みを叶えよ」

世界の半分をやるから勇者辞めろとか言われそう。

と思ったが、実際の彼女はある意味それ以上に強烈な言葉を放った。

薄らと微笑んで、しかし瞳は滲《にじ》むような不可思議な感情を湛《たた》えている。

「我の隣で生き、我の隣で死ね」

「……………………………」

うーん、圧倒的帝王！

フレデリック王は少し黙った後、極めて穏当にヴィクトリア語を翻訳した。

「……えー、あー……ずっと一緒にいてほしいっていうことで、いい……？」

「よい」

潔い。

でも。

彼女は今、目を合わせずに紅茶を飲んでいる。ぱっと見は、いつも通りのヴィクトリアだ。いつも通りの。

しかし、ヴィクトリアは僅かにいつもと違う雰囲気を纏《まと》わせていて、普段の滲み出る輝きが陰っているように見えた。

なんだろう。そういえば前にもこんな空気を纏わせているのを見たことがある。具体的には、婚約破棄をしかけてしまった、とき。僅かに沈んだような、陰った輝き。あの時はうまく言葉を紡げなくて、気がついたらヴィクトリアは元に戻ってしまっていた。

自分のせいで彼女の光を陰らせたのに、何もしてあげられなかった、あの時は。

だからこそ。

フレデリックは出来る限り誠実な言葉を選んだ。優しい言葉を、真摯な言葉を。

「……わかった。それが君の弱点を補強することなら、僕はそうしよう。王妃である君を、僕も支えよう。いや、上手く支えられるかは、分からないけど……でも、僕のできる精一杯をすると、約束する。僕は君ほど強くない、君ほど色んなことが上手くはできない。でも、君が君らしくいられるように、君の隣にいる」

決して強くはない、ヴィクトリアの演説のように力はない。けれど、フレデリック王らしい言葉だった。いい意味でも悪い意味でも、人間らしいこの王の言葉。

ヴィクトリアは黄昏の光をのみつくした美しい色の紅茶を全て飲んでしまうと、フレデリックと目を合わせた。

「……その心がけ、しかと聞き届けたぞ」

黄昏の最後の光が、空に赤々と光っている。空には一等星が輝き始め、夕暮れの黄金と、宵闇の群青が混ざり合う空の間。

黄金色の髪をした王妃は、それはもう輝かんばかりに微笑んで見せた。

「フレデリック。その誓いをお前が守るのならば……それならば我は、いつまでも最も強くいられるであろうよ」

ああ。いつものヴィクトリアだ、と、王は思う。

輝かんばかりの、いつものヴィクトリアだ。覇王オーラが出てる、いつものヴィクトリアだ。

彼女は鮮やかな空を背にして立ち上がる。星々がきらめき、黄昏が光放つこの場所は、まるでヴィクトリア王妃一人のために用意された美しい舞台のように映えて見えた。

「フレデリック、ぐらついてもよい、迷ってもよい。それでも己のいるべき場所は我の隣と定めて、必ず戻れ、――よいな！」

（かっこいい……っ‼）

星空と黄昏の間に立つ覇王、普通にかっこよくてだめ。

どうあがいてもかっこよくて、反射でときめいてしまう。ずるい。

フレデリックは咳払《せきばら》いをして気持ちを切り替える。立ち上がり、彼女の手を取る。

精一杯格好をつけて、優雅で気品ある口づけをその手の甲に。

「必ず君のそばに戻ろう。いや迷ったり間違えたりしたら、それは……ごめんね……」

「そこはもう少し格好をつけて答えるがよい」

「格好つけても君の方がかっこいいからいいんだよ」

ヴィクトリアはちょっと黙ってから、それはもう実に偉そうに微笑んだ。

「――それもそうか」

「そこはもうちょっと否定してくれよ！」

ヴィクトリア・ウィナー・オーストウェン王妃は、今日も世界で一番偉そうである。

四章　世界一偉そうな王妃は盗賊団にもてなされる

時に、ものすごく運が悪い人間というのは、まあ存在する。

星のない夜。

サンティア王国の王都、ラ・ルーヌの側。グローリア公爵が統治する、グローリア領との領境の洞窟の中に、何人もの厳《いか》つい男たちが座っていた。

「親分！　もうオレたち限界っす！」

「腹が減って死にそうっす……もう雑草とか毟《むし》って食べてるのに……」

「オレは木の枝食いました」

「石鹸《せっけん》とかも食べました！」

それは食い物じゃない。

そこにいたのは三日ぐらい前から巣食っていた盗賊団であった。南の方の海の近くで暴れていた彼らは、海賊取り締まりに準じて陸の賊も取り締まる法のきつさを掻《か》い潜って、遥々《はるばる》この王都付近まで逃げ延びてきたところだったのである。

つまり、まあ普通に金がなかった。超貧乏。

はき古した下着に替えがないせいで穴が空いてるし、靴下はとりあえず全員穴が空いてるぐらいには貧乏だった。可哀想。

盗賊団の財政は逼迫《ひっぱく》していた。子分たちは腹が減ってそのあたりにある雑草まで食い始めている。盗賊の誇りが、このままだと保てない！　盗賊は美しい女とか金銀財宝とか持って洞窟でウハウハするのが仕事なのに！

故にボスは決断した。

「よーっし、お前ら。今夜狩りに出るぞ、早急にだ！」

ここは王都の付近だ、兵士は多いが、金持ちの馬車が通ることもある。それを襲えばいい。そして金品を奪うのだ。そうしないとみんなして飢え死にだ。大体の金はここまで逃げてくる時に穏当に移動するために使ってしまったし、食料はみんな干からびてカビが生えたので捨てた。

背水の陣。やるしかない。

親分は立ち上がり、洞窟から出た。星のない夜だ、狩りには絶好の日。

彼らはそこで一時間ほど待った。待ってる間、ずっとぐうぐう誰かの腹が常に鳴っていたが、全員涙を呑《の》んで我慢した。かわいそう。

「おやぶーん……葉っぱ食ってもいいっすかね……」

「腹減りました、木の根食います……」

おやつ感覚でその辺りの植物を食うんじゃねえ。

「てめえら！　盗賊の誇りはどうした！　金品かっぱらって肉を食うことを考えるんだよっ、分厚いステーキをなあっ！」

その時、馬車の走ってくる音がした。親分は耳をすませてそちらを見た。

向こうから、お誂《あつら》え向きに馬車がやってくる。しかも、豪奢《ごうしゃ》な金色の馬車が。光り輝く馬車が。

あの馬車バラして売るだけでも一億ゴルドぐらいになりそう。

きんぴかの煌《きら》めきに目が眩《くら》む。

盗賊団は気付いていなかったが、このきんぴか、多分関わっちゃいけないやつ。

しかし　だれも　きづかない！

盗賊団はまた一つ死亡フラグを立てた。

ぴぃ――――っ、と、指笛が鳴り響く。

盗賊団は馬車に殺到した。馬が驚いて前足を振り上げ、馬車が止まる。御者が目を剝く。

ついていた護衛の兵士たちが剣を抜くも、多勢に無勢だ。盗賊の数の方が圧倒的に多い上に、実戦慣れしていた。

というか、盗賊団たちがここ数日風呂に入ってなくて臭いので、兵士たちはちょっと臭いで感覚麻痺《まひ》していた。くっっっっさ。

「な、なんだお前たちは⁉　臭いぞ⁉」

「臭いのは関係ねえだろうが！」

「うるせえぞ王都の柔軟剤野郎が！」

「どうせ家で母ちゃんに服手洗いしてもらってんだろ‼」

盗賊たちは普通に心が傷ついたので、臭いと言った兵士に徹底攻撃した。

大人気ねえ！

「この賊があ！　退《ひ》け、散れ！」

「散るのはそっちだ兵士共！　俺らはこの辺りにちょいとお邪魔してる盗賊団、金と載せてる荷物全部置いてけば命まではとらねえぞ！」

「にっ、荷物だと⁉　そんなものはない！」

「じゃあその荷台には何が入ってんだよぉー！」

「こ、これは……ええい、触るな！　臭いぞ今すぐ風呂に入れ！」

無茶言うな。

やせぎすで上品そうな御者がわめく。馬に振るう鞭《むち》をふるって、盗賊を追い払おうとする。

それにいらついた盗賊が、御者をとっ捕まえて締めてしまった。御者は縛られて亀甲《きっこう》縛りにされる。なんで。

「くっ、この私がこんな辱《はずかし》めを……！　殺せ！」

お上品なご老人のくっころは、ちょっと盗賊団の性癖には刺さらなかった。

盗賊の首魁《しゅかい》は、勢い良く扉を開ける。

そこに、――女が座っていた。

赤いドレスの女だ。蜂蜜色の髪をした美しい女。すらりと背が高く、組んだ足は白く美しい。見た目だけなら凄烈なまでに美しい、ただの女であった。

我らがヴィクトリア・ウィナー・オーストウェン王妃であった。彼女は婚姻してちょうど一月、赤の月から白の月へ移り変わる節目に、里帰りをする途中であった。

「女じゃねえか！　おい爺《じい》さん、このお姫さん俺らが貰《もら》ってくぜぇ？」

「美人でいいねえ、可愛がってやるからなあ」

この盗賊たち、自分たちが何を目の前にしているか知らない。

ヴィクトリア・ウィナー・オーストウェンは目を上げて盗賊たちを一瞥《いちべつ》した。ビリッ、と、一部の盗賊たちは命の危機を感じ取った。なんか、サバンナでライオンに目をつけられたみたいな。海でサメがこっちに泳いできてるみたいな。カオスサメ映画的な。

「可愛がってやる、だと？」

王妃は重低音で言った。びりびり空気が震えたしみんながやべえと思った。

この目の前の女に、覇王オーラを感じ取った。ゆらり、立ち上がるだけで背中に見えるなんかよくわかんないオーラ。溢《あふ》れ出る何か。やっべえ輝いてる。燃えてる。光ってる。

しかし盗賊が一人の兵士を引っ摑《つか》み、その首筋にナイフを押し当てたので彼女は動きを止める。動きを止められなかったら全員心臓パンチで死んでたかもしれない。間一髪。

盗賊はわめいた。

「て、抵抗したらこいつを殺すからなあ！」

「王妃様！　自分には構わずお逃げくださいそれにしてもくっさいな風呂入れよ！」

このモブ兵士、地味にメンタル鉄。

ヴィクトリア王妃は少しだけ黙っていたが、自分からゆっくりと馬車から降りる。盗賊たちの真ん中に進み出る。

堂々としすぎていて、自分を出迎える観衆の前に出て行くかのような威風堂々具合であった。女帝。

「よいぞ。我を連れて行くがよい。金品も持てばよい、代わりに護衛は皆解放しろ」

してくれ、じゃない。しろ。

「こ、この女、自分の立場をわかって……」

「立場？」

もちろん分かっているとも。ヴィクトリアは帝王のごときオーラを背負い、ゆっくりと盗賊の首魁の前に進み出る。

「この国の王妃である。丁重にもてなすがよい！」

盗賊にもてなしを要求するのって新しいな。

「お、王様、大変です!!」

兵士の一人がボロボロになって王宮にたどり着いたのは、三時間後であった。空は白んでいるが、王は眠りに落ちており、唐突に駆け込んできた兵士に驚いて飛び起きた。

「どうした？」

「王妃様が盗賊団に攫《さら》われました!!」

「えっ」

あのヴィクトリアが。

フレデリックはすごく心配になったし青くなった。ヴィクトリアがさらった相手に何かされていたらそれはもう、腑《はらわた》が煮える。うっかり雷とか落とす、物理的に。ぱちぱち、と王の髪の間に魔力が散って、兵士はひぇっとびびった。あの王様がここまで、魔力の制御ができていないのは珍しい。

（ヴィクトリアが酷《ひど》い目に遭っていたらどうしよう、何かされてたらどうしよう。僕だってまだあれこれより先はそこまで積極的にしたことないのに！　あああヴィクトリアどうしよう、助けなきゃ……！　やっぱりお隣の領地だからって簡単に城から出すんじゃなかった……！）

フレデリック、ヴィクトリアがさらわれるとかいうお姫様ムーヴをしたせいで、彼女が本来覇王系女子であることが頭から飛んでいた。

「王妃はどのあたりで消えた!?」

「は！　グローリア領との間の森辺りです！　陛下……軍を動かすご指示を……！」

「……護衛術士の軍隊を動かせ、王妃付きの待機していた術士も全て。僕も出る、彼女を迎えに行く」

「陛下ご自身でですか⁉」

「妻が危機なんだぞ、王の僕が黙っていられるか！」

うーん、ヴィクトリアが大事なあまり現実が見えてない！

王は立ち上がる。暗がりの中、優しげな顔は引き締まって見えた。


ヴィクトリア、どうか、無事で。


フレデリックは闇夜の中、身支度を整えて外套《がいとう》を翻す。

白馬に飛び乗る。愛馬はフレデリックに応えて鼻を鳴らす。

白馬に剣、ガチ王子様である。いや、実際は王様だけど。

彼は手配した部隊と合流すべく闇夜を駆け抜けていった。

同じ頃、ヴィクトリア王妃は王都とグローリア公爵の領地の合間の洞窟にいた。

二つの領地の間の深い森は手入れをろくにされておらず、まあ天然の迷路のようになっている。

そこをぐねぐねと歩き、公爵領への大量のおみやげと一緒に連れてこられていたのである。

ちなみにその『おみやげ』が入った木箱、なんかすごいいっぱいあるし、めっちゃ重かったので、運んだ盗賊たちはひいひいと声をもらして体力限界であった。弱い。

「くっそ、なんでこんな重いんだ……！」

「兄弟、これはきっと中身金貨に違いねえ……！　何せ、自称『王妃様』の荷物だぜ……!?」

「ばっか、王妃サマがこんなところにいるわけねえだろうが、マジで！」

いるんだよなあ。

「おい女ぁ！　お前本当はどこの貴族のご令嬢ちゃんなんだぁ？　それによって身代金の額が変わってくるんだよぉ！」

「グローリア公爵家だが？」

王妃は落ち着き払って答えた。盗賊は頭を抱えた。それだと国を敵に回したことになっちまうだろ！！！！

盗賊たち、絶賛現実逃避中であった。

「くそっ、あくまで王妃だって設定でいやがる！」

「でも本当に王妃サマかもしれねえぜ？　そしたら身代金がっつり……」

「ばっかやろう国相手に脅しとかできるか！　怖いよママー！」

「それに王妃サマがこんな肝据わっててたまるかよ‼」

「そうだそうだ、王妃サマはもっとなよやかで美しくてか弱いイメージだろうが‼　お姫様なんだぞ⁉　夢を壊さないでッ！！！」

知らんがな。

話題の中心の美しい女は、何故か勝手にボスの椅子を乗っ取ってふんぞり返っていた。どうしてだか縛られてもいないし、なんかこの洞窟で一番偉そうである。

自分で洞窟に入って、奥まで歩き、自分でボスの椅子に座ったので、誰も何もする必要がなかったのだ。うん、いつも通り偉そうだな。

今彼女は、美しい脚を組んで椅子に座っている。どうしたらいいかわからない盗賊のボスが隣に執事みたいに侍っていてちょっと面白い構図だった。

もてなせ、と言われて、周りにいる盗賊がちょっとびびって彼女にグラスに入った水を渡したので、それを優雅に飲みながらくつろいでいる。ついでに他の子分たちがちょっとずつ、ぶどうパンとか、チョコレートとか、干した果物とかを貢いでいたのでちょっとしたご馳走《ちそう》みたいなものが彼女の前に並べられていた。

完全に覇王オーラに当てられてんじゃねえか。

「ふむ、この干した果物はなかなかよい」

王妃、盗賊フードを食べてご満悦である。なんだこれ。

それをよそに、盗賊たちはちょっとじりじりしていた。ヴィクトリアが動くたびうなじだとか白い手首だとかがちらちらするので気になって仕方ない。

（くそっ、見れば見るほど美人だな……どうにかしてやりてえ……）

盗賊たちの方がどうにかされる可能性にまだ誰も思い至ってないんだよなあ。

美しい女としかまだ認識できてない時点で、こいつら大分頭が幸せであった。

盗賊たちの会話が一段落したので、王妃は盗賊たちを一瞥した。

「充分にもてなしを受けて我は満足だ。帰るぞ。城まで送るがよい」

盗賊に護衛を頼むのって新しいな。

盗賊たちはそこで漸《ようや》く我に返った。遅い。

「ふ、ふざけんじゃねえ!!」

彼らは状況を再確認する。

女は一人、そして凄い美人だ。自分たちは複数人。これは……どう考えても……勝った！　こっちのもの！　いやらしいこととかめっちゃできる!!　万歳!!

めっちゃ間違った状況把握である。命が危ない。

下卑た笑みを浮かべた盗賊の一人が、彼女の前に進み出た。

「まだ帰られちゃ困りますよぉ……おもてなしはこれからっすから。ええっと、王妃サマぁ？　まずはその綺麗《きれい》なドレスを脱いでくださいねぇ！」

彼は剣を引き抜いた。王妃は柳眉《りゅうび》を軽くあげたが、何も言わない。

盗賊は、王妃のドレスだけを切り裂くつもりで剣を振るった。

剣が折れた。

「はあ!!??」

ぼっきり折れた。ご臨終である。

「ふむ、ドレスで剣を折るとは珍しい流儀のもてなしだな」

「いやなんで折れるんだよ！　野郎ども、やっちまえ！」

「おいっす兄貴！！！」

次から次へ、男たちが彼女のドレスを切り裂こうと剣を振るうが、右から左に折れていく。ぱきんぱきんとなけなしの剣が折れまくる。

このドレス、まあ普通にオリハルコンを織り込んであった。王妃のお気に入りオリハルコンドレスである。オリハルコンドレスってなんだよ。

赤いドレスは傷ひとつなく、彼女もまた傷ひとつつかないまま立っているだけなのに何もできない、ナニコレ?

「ひええ……こわ……」

「いや何この女……この一撃必殺のジョルジュの攻撃が効かねえなんて……」

「くそっ、弱肉強食のジャンの一撃が弾かれるとは……」

「焼肉定食のジョージの剣が効かねえだと……」

漢字四文字ならなんでもいいと思ってない？

暫《しばら》く剣《けん》の攻撃を平気な顔をして受けていたヴィクトリアは、微笑んで言った。

「ふむ。もう終わりか？」

終わりか？ではない。どう考えても王妃の発する言葉ではない。

どっちかというと物語中盤で遭遇する魔王とかが発しそうなあれじゃん。

「ではこちらからゆくぞ」

王妃は、異常に重い『おみやげ』の箱の蓋を片手で飛ばすと、中から……一撃で地面を吹き飛ばしそうな、黄金に煌《きらめ》く大剣を取り出した。何かオーラを発しているように見える、輝かしい、燃えるようなオーラ。覇気がすげえ！

「あっ、あれは……！」

「ど、どうしたんですかボス！」

「南の海にいた頃聞いたことがある！　黄金色に光る巨大な剣、それは王家に伝わる伝説の聖剣だとな！」

「いや、これはただの剣だが」

えっ。

「金色なのも別に、趣味だ」

　趣味かよ。

　じゃあこのオーラはなんだ、と盗賊たちは思った。そして結論づけた。

　使い手のオーラが覇王だと剣もなんか……聖剣みたいな顔するんだな……。

　聖剣みたいな顔した剣は、聖剣みたいな顔で光を発した。めっちゃ光ってる、物理的に光ってる。眩《まぶ》しい。目の前の影が溶けて消え、真っ白でなにも見えないくらいに眩しくなる。

　王妃の形をした影が、光り輝く剣を構えているのが見えるばかり。これ強キャラ相手の負けイベントじゃん、と盗賊たちの何人かがここで漸く気づく。

　まあ、こう。序盤にうっかりラスボスに絡んでしまった勇者パーティみたいな構図であった。

　こっち、折れた剣しかないし。

　女は、それはもう偉そうに言った。朗々と響く声で洞窟を震わせた。

「安心せよ、殺しはせぬ！　眠らせ、王都に運び、そこで然るべき裁きを受けさせてやろうぞ。今まで人の金品を奪い、人を脅し傷つけた分を王都で償うがよい！　目が覚めたら、もはやお前たちの人生は違うものとなっておる、真っ当な人として生きよ！」

「まっとうな、人になれるわけがねえ……!!」

目が焼けそうにまばゆい世界の中、盗賊の首魁は叫んだ。

「オレたちはまともに字も書けねえ‼　教育も受けてねえ、盗みしかできねえのに、まっとうなんて、無理だ‼」

「お、親分……そうっすよね……オレらだって……」

「オレらを受け入れてくれる場所なんて、どこにもねえんだ……どうせなら殺せ……！」

「殺さぬ」

蜂蜜色の髪の女は、はっきりと言う。剣を振り上げたまま、その剣に光が集まる。

光の量的に普通に死にそう。

「生きよ、盗賊ども‼　生きる道など何処《いずこ》にでもある、なければ我が作ろう‼　目の前の貧困に落ちた者も救えずなにが王妃よ、そなたらは我が国の礎となるがよい、地に親しみ、感謝される喜びを、誰かと共に生きる楽しみをこれから一生分味わわせてやろう！！！！　毎日あったかいベッドに入っておいしいごはんを食べて健康的に生きよ！！！！」

「か、母ちゃん……ッ！！！！！！」

ちがう。

彼女が剣を振り下ろした瞬間、目の前が真っ白になった盗賊たちは意識を失った。

王は軍隊を率いて、目撃証言を元に洞窟へ向かっていた。

辺りはもう暗くなりつつあり、星の光も淡く暗闇に道は沈む。町の明かりが遠くあるだけでは、周囲の様子すらろくに見えない。

護衛術士の一員ということで呼び出されたミカエルが、新調された箒《ほうき》に横座りしてぐるっと空中を飛んでから戻ってきた。

今回はピカピカの落下しないタイプの箒である。

予算たっぷりかけて買った最高級品だ。いやっほう。

「王様ぁ、辺り暗くてなーんも見えないんだけど。王妃ちゃん超行方不明」

びゅんっと辺りを見て回った術士は王にフランクに報告をした。

王様は超しゅんとしていた。わっかりやすい。水に落ちて、毛並みがびしょびしょになって落ち込んでるウサギみたいな空気である。かわいそう。

「ヴィクトリア……なにもなければいいけど……」

「寧《むし》ろ王妃様をさらった方が何かされてないか心配だけどね、オレとしては」

「そんな！　彼女だって一応十九歳の女の子なんだよ⁉　彼女をなんだと思ってるんだ⁉」

「覇王」

この天才術士、心配であたふたしている王様より大分現実が見えていた。

「いや、いや、そうだけど……！」

「万が一にも王妃ちゃんの方が何かされてたら、オレはへそでスープを煮てみせるし、へそでサラダを作ってみせるし、へそでステーキを焼いてみせるよ～！」

フルコースでも作る気か？

「その特技を見なくていいことを祈るよ……」

フレデリックは上の空でボケ殺しした。全力でボケたミカエルはいたたまれなくなった。

「ちょっとちょっと、王様マジで落ち込んでるじゃーん！　……いないいないばあする？」

「しない……」

王様、超しょんぼりである。

（あっちゃあ……こりゃだめだー……）

フレデリックは体面の問題もあって出来る限りしっかりしようとしている。新参のミカエルにもそれは分かる。

だが、まあその内面の動揺っぷりがめっちゃ手にとるように分かった。そわそわとしているし、まるで泰然とできていない。

一国の王としては少し頼りないことこの上ないのだが、しかし。

「陛下、しっかりしてください。王妃様は必ず我らが見つけ出しますとも」

「我々にお任せを！　空中哨戒《しょうかい》部隊、必ずやよい報告を持ち帰って参ります」

「……すまない、ありがとう、みんな。心から感謝する」

なんというか、人生姫プ感がすごい。周りに超囲われてる感ある。

（この頼りなさがなんか……王様なのにフツーの人間っぽくて、みんな何となく手ぇ出したくなるんだろうな……）

できない子ほどかわいいってやつだろうか。オレにはちょっとわかんない感情だけど。そう思いながら、ミカエルは少し高度を上げて周りを見回した。

（オレは王妃ちゃんの方がいいけどね！　強いしヒモにしてくれそうだし！　覇王系女子のがオレ好み～！）

護衛術士、ヴィクトリアと出会って性癖がなんか歪《ゆが》んだ。


――そのときだった。


馬鹿なことを思っていたら、いきなり森から光が迸《ほとばし》って空を焼いた。空に向かって巨大な光の柱が放たれ、そして消えた。

「……ヴィクトリアだ」

「だろうねえ。言ったじゃん王様、何かされるのは相手の方じゃないの？って」


フレデリックと護衛その他が駆けつけた先。

洞窟の前で、盗賊たちがヴィクトリアをでっかい木の葉で扇いでいた。

その周りには盗賊たちが放射線状に倒れていて、仲間に介抱されている。

なんだこれ。

「どうですか姐《あね》さん⁉」

「風の加減気持ちいいですか姐さん！」

「お水もっと必要ですか⁉」

「くるしゅうない。楽にするがよい」

「はいぃっ！」

うん。全力接待されている。美しき王妃はどっしりと置かれた椅子に座って、優雅にもてなしを受けていた。割れたカップに注がれた水をワインであるかのように飲み干す。かっこいい。大きな椅子で足を組むと、赤いドレスが鮮やかに揺れる。

なんだろうこの椅子。めっちゃ高そう、熊の毛皮とかついてる。

何かされてしまったんじゃないかとめちゃくちゃ心配していた王は安堵《あんど》の息を吐《つ》いたが、同時にまだ倒れている盗賊たちが普通に心配になった。

王様、ここで漸く王妃が覇王系女子であることを理性的に思い出すことができた。遅くない？

「ヴィクトリア……」

まだ倒れている盗賊たちは、たまに手足がぴくぴくしている。さっきの光といい、覇王系の王妃に何かされちゃったのでは？

大丈夫かなこれ。生きてる？

「おやフレデリック。すまぬな、戻るのが遅くて心配をかけたか」

王妃は顔を上げると平然と言った。普通に謝られたのでフレデリックはちょっとどう返していいか困った。

盗賊たちは、『フレデリックって王様！』みたいにざわついたが、なんとなく黙った。姐さんと旦那の会話に口を挟んで光の剣を振られたら怖い。特に痛いことはなかったけども普通に怖い。

「その……、うん。すごく心配した。軍隊を数部隊動かしたけど、助けはいらなかったかい？」

「いや？　軍が来てくれて実に有難い。こやつらをこれから裁きを受けさせるため王都へ連れて行かねばならぬ、我一人では運べぬと思っていた。運んでくれ」

軍隊をあっさり運搬屋にする女。

命令された軍隊は頭を下げて、なんで俺たち戦いに来たのに人間救助してんだろうなと思いながら倒れている盗賊たちを運び始めた。王妃を接待していた盗賊たちも、なんかもう普通に従った。

兵士たち、剣を持ってやってきたのに特にそれは使いどころないし、どっちかっていうと消毒液とか包帯のが出番ありそう。

軍隊の兵が、砂糖を運ぶアリみたいに倒れている盗賊をよいしょと運んでいく。アリの行列みたいに、捕縛された盗賊たちが後にくっついていく。

術士たちも、盗賊が暴れないようにすうっと箒で飛んでついていく。

少しの間だけ、夜の森で王と王妃は二人きりになった。

フレデリックは大きなため息を吐いた。

「……二人きりになったところで、ちょっとお願いがあるんだけど……」

「うむ、なんだ？」

「……抱きしめてもいいかい？　きみが戻ってきてくれて、本当に、安心して……」

声が少しだけ震えてしまって、フレデリックは何度か息を吸って吐いて、呼吸を整えた。

ヴィクトリアは瞳を細める。

「王であるそなたがそう願う時、すでに願いは叶《かな》ったも同然よ」

「王だから、じゃなくて……きみがいやなら、ちゃんと控えるよ」

言った瞬間ぐいと引き寄せられてフレデリックは普通によろけたし、普通にヴィクトリアの方に倒れ込んだ。

それをあっさり抱えて腰を抱く王妃。

（かっこいい………ッ!!　いや男だから本当は僕がこうしたいんだけどでも悔しいけどかっこいい……!!）

微笑みは超輝いていた。いつものヴィクトリアだ、美しく、眩しい。

「拒むわけがなかろう？」

フレデリックははにかんで、苦笑して、それからそっと王妃を抱きしめた。

「……ありがとう。……きみがいなくなって、すごく心配だったんだよ、きみが、何かされてるかもしれないと思って。ほら、きみって綺麗だし、美人だし」

覇王だけど、という一言は飲み込んだ。

本当は何かされたのは盗賊団の方だったのだけれども、王は都合よくそれは何となく無視した。ほら、実際に盗賊団が剣に吹っ飛ばされたところは目の当たりにしてないし。

王妃、石畳で転んだら石畳の方が砕け散りそうな女なのだが、幸い王はまだちょっと幻想を見ていた。目を覚ませ。

「何もされぬさ。……そうだな、何かされるとしても許すのはお前だけだ。我が決めた伴侶以外に何かさせることはない。誓おう、フレデリック。我は――……」

そのときだった。

いきなり、ヴィクトリアの体が何かに貫かれたように揺らいだ。フレデリックは目を見開いて、彼女が倒れるのを見た。

ゆっくりと、赤いドレスが揺らぐ。スローモーションで、体が倒れ伏す。蜂蜜色の髪が、夜の中に広がった。

背中に、矢が刺さっていた。

オリハルコンドレスを貫通できる矢とかあったのかよ。


王妃が倒れたので、王様はめっちゃくちゃあたふたした。

「え⁉　なに⁉　ヴィクトリア⁉　――あっ、……皆のもの、曲者だ！　追え！」

後半は少し離れた場所にいる軍隊に向けての声であった。王は声を大きく張ったが故に、ちょっと我を取り戻していた。王妃を射たのが誰にせよ、放っておけるか。いや、放っておけるわけがないじゃないか。ヴィクトリアを傷つけたものを、許しておけるわけが――

「ふむ、これはなかなか効く」

直後にいきなり普通に王妃が立ち上がり、矢をずぼっと抜いたので王は二度びっくりした。

この王妃、矢で射られてもぴんぴんしているし、めっちゃ平気そうな顔している。なにこれ。

「えっ、ヴィクトリア……いや、いま矢で射たれて……」

「下着にもオリハルコンを仕込んでおいて正解であったな」

「いやどんな下着着てるの？？？」

オリハルコン織り込んだ下着、高そう。ヴィクトリアのことだから無駄遣いをしてはいないだろうけども。

王妃は優雅にドレスを払って微かに眉を寄せた。ほんの少しだけ億劫《おっくう》そうな仕草で、赤いドレスにほつれがないか確認する。

「ドレスが砂で汚れてしまったな」

「それ射られた直後に言うセリフじゃないよね……」

軍隊の兵士たちが慌ててやってきて、姿勢を正した。

「陛下、妃殿下！　ご無事ですか⁉」

「ああ、大丈夫だ。ヴィクトリアは服の下にもオリハルコンを織り込んでたらしいから」

「は？」

「なんでもないよ……」

国の兵士にまで聞き返される妃殿下の下着事情。

フレデリックは小さく咳払《せきばら》いをしてから、術士の部隊を残させ、残りは捜索に当てさせる。夜の森の中、物々しい雰囲気で鎧《よろい》の兵士たちが下手人を探し回る音が聞こえて来る。

がっしゃんがっしゃんがっしゃんがっしゃん。

めっちゃうるさいな。

ガッシャンガッシャン歩くので、ここが森の中でよかったかもしれない。

多分近くに家があったら騒音で通報されている。

騒音を無視して、王妃はまじまじと矢尻を見た。

「……ふむ。この矢尻、オリハルコンウルトラネクストでできておるな」

なにそれと王は思ったし、近くで聞いていたミカエルも思ったし、多分兵士たちも思った。

ナニソレ。

「なにそれ？」

「高位のオリハルコンだが？　まあ、より圧縮された密度を持つ魔法金属の名称だ、つい最近錬金塔が開発した」

オリハルコンウルトラネクスト、なんか必殺技とかでありそう。

「こんな矢尻を手配できる者はそこまで多くはなかろう。錬金塔に伝手《つて》があり、金があり、ある程度の人脈がある者が、……どうやら我を傷つけたいと見える」

王妃は唇を持ち上げて笑った。まるで、荘厳にうつくしい金色の獣のような笑みであった。

後ろに牙を向いた獣が見える。怖い。

「フレデリック、そして親衛隊、城に戻るぞ。この矢を射掛けた相手に、話を聞かねばならぬからな」

王妃は悠然と赤いドレスを翻して歩き出す。少しだけ、足取りがいつもよりも重いが、それも威厳といえばそうなのかもしれなかった。

背中から輝けるオーラが溢れ出ている。いつもも輝いているのだけれども、今日はなんか一層と眩しい。

その場にいた誰もが悟った。

王妃様、『やる気』だ。誰がやったか知らないが、その相手を探し出してなんかこう……なんとかする気でいやがる……！

「さあ戻るぞ、我らの城へ」

振り返って微笑む様はまるで帝王であった。矢を射掛けられてもなお、その覇王っぷりは全く揺らぐことがなく、寧ろ勢いを増している。怖い。とって食われそう。

彼女は歩き出そうとして、そして少しだけ立ち止まった。

フレデリックはほんの少しため息を吐いて、歩み寄る。

赤いドレスの細身の体をひょいとお姫様抱っこした。

兵士たちがざわざわした。

王が王妃を姫抱きしたぞ。

ロイヤルいちゃいちゃを見せつけてやがる。

いやちょっとまって、なんで逆じゃないんだ？

なんか心外なささやきも聞こえてくるな、と王は思った。なんで逆じゃないんだって、ヴィクトリアにお姫様抱っこされたことなんて最近ないよ!!　昔はあったけど。

腕の中のヴィクトリアは、一つ瞬いてフレデリックを見上げる。

「どうした？」

「さっきから、ちょっとゆっくり動いてるから。多分足を痛めてるんだよね？　運ぶよ」

「そなたが運ばずともよいが」

「そこはおとなしく運ばれてくれよ……！　馬車まで連れて行くから、それまで頼むからおとなしくしてね……」

ヴィクトリアは暫く考えてから、フレデリックの顔を見上げる。

金色の髪が、星明かりに照らされてきらきらと光っている。

ふっとうつくしい唇の端だけを持ち上げて、彼女は微笑む。いつも通りの、偉そうな笑みだ。実に実に偉そうな笑みだ。

「伴侶を労《いたわ》るその心がけ、大儀である」

フレデリックは笑って、彼女を抱きかかえ直す。馬車につくまでの間、ヴィクトリアは大人しく腕の中にいたが、やっぱり世界一偉そうであった。

「なに、失敗しただと？」

でっぷりと太った男は、報告に来た細身の人影の言葉を聞くと腹立たしげに言った。

「くそっ……あの忌々しい小娘が、しぶとくも生き残りおって！　錬金塔でも最も高価で強力なオリハルコンウルトラネクストを発注したと言うに……あっ、にゃんでちゅかねこちゅわーんかわいいでちゅねぇ～！　くそっ、しくじりおって！」

途中でなんか雑音入ったな、と人影は思ったが大人しく黙った。

主人は足元に二、三匹の猫にまとわりつかれながら、でっぷりとした体を椅子に沈める。

暖炉の火が、赤々と揺れている。

影はじっと頭を下げた。

「次の御命令を」

「もちろん、次なる手に移るのだ！　王妃が城に戻る前に次の……」

その時、表の大門が開く音がして、二人の人間は同時に黙り込む。

輝かんばかりの朝日が、昇ろうとしている。それと同時に、王と王妃が、この城へと戻ってきた。

空は明るい。影はこうべを垂れて、主人の次なる命令を待った。

五章　世界一偉そうな王妃は王子様のキスを必要としない

ヴィクトリア・ウィナー・オーストウェン王妃は、朝方フレデリック王や親衛隊たちと共に城へと戻ってきた。その後、森で何があったかの説明が軍に行われ、王妃の周りは警戒が強化された。オリハルコンウルトラネクストで出来た矢尻は、錬金塔におくられ、より詳しい調査にかけられることとなった。どうでもいいけどオリハルコンウルトラネクストって長いな。

そんなこんなで、王妃は今、王と共に王の寝台で寛《くつろ》いでいるところであった。

王妃は、めっちゃ堂々と大の字で転がっていた。フレデリック王は寝る場所がないので仕方なくベッドの隅に座っていた。どっちのベッドだかもうわからない。

かわいそう。

「ヴィクトリア、……随分と疲れてるみたいだね」

「うむ。体がとても怠《だる》くてな、いけない。首謀者をどうにかしてやりたいのだが」

王妃は大の字のまま返事をした。ぴくりとも動かず、天蓋を凝視している。相変わらず覇気はあるが、動かないので疲れているのかもしれない。フレデリックはそっと手を伸ばして蜂蜜色の髪を撫《な》でた。

「やっぱり剣を振り回して発光すると疲れるものなの……？」

フレデリック王、最近王妃の異常さに慣れてきた。

ヴィクトリアなら爆発したり燃えたり光ったりしてもまあ普通なのだ。うん、普通だ。

「そうかもしれぬ。魔力が皆無である我が、気力だけで発光すれば体力も消耗するか」

「あれって気力だったの？？？？」

魔法がある世界で気力で光るってナニソレ。

「あとは毒素だな。全身に回ってきて、そろそろ身動きがとれぬ」

「そっかあ……毒か、大変だね……」

一拍置いて、フレデリックは飛び上がった。布団が吹っ飛んだ。比喩《ひゆ》じゃなくて。

「毒⁉　なんで早く言わないの‼　なんでもっと早く言わなかったの⁉」

子供がなんか悪いこと隠してた時の母親ってよくこんな感じになるよな。

いきなり怒られたヴィクトリアは美しい眉をついと上げてみせた。

「ある程度は気合で分解していたのだが」

「気合で分解しないでくれよ！　なんで君はそうなんだ⁉　薬師を呼ぶから……！」

「いや、薬師では無理だ。……これは呪いによる毒素だ。毒に、魔力を練り込んだ古い呪術の類いだな」

その言葉に、フレデリックは口を閉じた。

呪い。

昨今では聞かなくなって久しい言葉だ。呪いよりも毒が、毒よりも鋼の刃が、鋼の刃よりも魔導銃の銃弾が強い世界なのだ。

みかんで例えるならしなっしなに萎びているし、カビとか通り越して化石になるぐらい古い概念だ。うわー、このみかんいつのやつー？　白亜紀ー？　って捨てられるレベルに古い概念である、『呪い』というやつは。

「うむ。まあ、この時代に、ワラドール並に古い概念を持ち出されるとは思わなかったな」

「ワラドール」

「ワラドールだ」

ワラドールってなに？　とフレデリックは思ったが、突っ込むと話がややこしくなりそうなのでとりあえず横に置いておいた。

「……それで、呪いなのはわかったけど。どうすれば解けるんだい？」

「わからぬ」

「君にかけられた呪いは、強いのかい？」

「呪殺、という雰囲気ではないし、今のところ効き目は弱い。だが詳しいところまでは判じかねる、我は魔法には疎い」

まあいつも魔法とか使わず覇気で全部解決してるもんな。彼女が心配だけれど、彼女が効き目が弱いというのなら、そうなのだろう。フレデリック自身は魔力に関してはかなり鋭敏だが、強い呪詛《じゅそ》の気配は感じない。というか、今の今まで呪詛に気がつかなかったレベルだ。

ただ、うーん……

（あながち弱いと断じるのも危険な気がする……）

追い詰められたハネネズミも、トビネコを噛《か》むっていうし。

王は、大の字になっている王妃にそっと毛布をかけてあげながら思った。

「相手の狙いは君を排除することなのかな……」

「さあ。情報が不足している、が……フレデリック。ここ数日で、何か大きな予定はないか？」

「大きな予定？」

「例えば、外交の席や、議会の席……我とお前が同時に出席することになっている席だ」

「………」

フレデリックは少し考え込んだ。豪奢《ごうしゃ》な寝台の上、その柔和な顔がわずかに引き締まる。ぎゅ、とその手が滑らかな絹のシーツを握りしめる。ゆらゆらと揺れる灯りの中、ミルクティー色の眉が微かにひそめられた。こうしてシリアスな顔をしているとめっちゃイケメンである。

「……貴族議会か。明後日、僕たちはそこでいくつかの議題について話し合うことになっている。貴族院、民衆院両方からも、それぞれ取りまとめた議題が上がってくるはずだよ」

「そこで、……恐らく何か、我がいては不都合な話題が上がってくるのだろうな」

ヴィクトリアは言う。そして、静かにゆるゆると瞬く。大の字のまま王妃は王を見た。手を伸ばして、その髪を撫で、頬を撫でる。

いきなり撫でられて、フレデリックは普通にときめいた。イケメン即落ち。

「ヴィクトリア?」

「我は恐らく、今回お前の隣にいることが、できぬ。恐らく体が上手く動かぬ故な。まあお前に姫抱きで連れて行かせることも考えたのだが」

議会でそれをやったらちょっと見せつけが過ぎると思う。

「部屋でならいくらでもお姫様抱っこしてあげるから……」

「うむ。……まあ、それはよい。とにかく、何かあったら、今回はお前は一人で戦わねばならぬ。……できるか?」

彼女の目は今にも閉じそうで、唇はかすかに色をなくしている。いつも光り輝かんばかりのヴィクトリアの光が、薄れて揺れているように見えた。

フレデリックは一拍置いて、頬を撫でる手を摑《つか》む。微笑む。乙女モードは返上した。こういう時くらいはかっこよくありたい。

「……できるよ」

だって、いつだって君を隣で見てきた。君みたいにはできないかもしれないけど、頑張ってみる。精一杯、やってみる。

「よい、その言葉、しかとこの我が聞き届けた。行け、王よ。この国で最も輝ける権力を持つ者よ。我の助けがなくとも、もうそなたは歩ける。行け、己の勇姿を議会の場において示すがよい！！！！」

（こんな時まで覇王じゃなくていいのに……!!）

弱ってる時ぐらい王子様ヅラさせてほしい。

けど、弱ってる時だって覇王なのが彼女らしい。

フレデリックは少し笑って王妃と目を合わせた。

「……君の助けがなくても歩けるよ。でも、僕は君と一緒に歩くのが好きなんだ。だから……呪いもなんとかするし、議会もなんとかしてみせる。……今回の君は助けを待つお姫様みたいな立場なんだから、おとなしくしてて」

覇王で女帝で帝王をお姫様扱いする男、段々と国王っぽくなってきた。

「よかろう。果報は寝て待てと言う、我は寝るぞ。いち早く回復し、そなたの横に戻ろうぞ」

そして彼女は速攻で寝た。早いわ。

ちょっと呆気《あっけ》に取られてから、蜂蜜色の王妃の髪を撫でてフレデリックは外へ出ていく。

明後日までに、できる限り情報を集めよう。誰の手を使ってもいい。なるべく、貴族院か、民衆院が上げてくる情報を探らなくては。そして、上がってくる議題がわかったら、討論の対策を練ろう。がんばらなきゃ。

フレデリックは後ろを振りむく。

王妃は大の字で、ぐう……と寝ていたので、ちょっとシリアスが吹っ飛びかけた。

豪快。

寝相までめっっちゃ王者なんだよなぁ。


その時だった。


王が部屋から出た瞬間、声がかかった。

「陛下、おひさしゅうございます」

甘ったるいお菓子のような。濃いチョコレートのような、耳にあまぁく響く、女の声。

フレデリックは振り向く。そこに、黒い髪をした娘が立っていた。ここは、王や王妃の居室や、重鎮たちが泊まる客室のある王宮の最奥だ。兵士たちも彼女には何も言わない、ということは、それだけの身分がある女性だということだ。

まあ知らないんだけれども。

フレデリックは自分の記憶力をちょっと恨んだ。

「お待ちしておりました……」

「……失礼、ご令嬢。見覚えがないのだが」

「あら、わたくしは覚えておりますのに……」

超気まずいパターン。

申し訳なくなってフレデリックは何度か咳払《せきばら》いをしてごまかした。この王様、わりと人がいいのでこういうパターンにちょっとメンタルが耐えきれない性格であった。

王の気まずさを知ってかしらずか、娘はとろりとした笑みを浮かべる。実に蠱惑的《こわくてき》で、色香がある。あと、なんかものすごくゆっくり喋《しゃべ》る娘である。

「わたくし……後宮の『筆頭侍女』としてお勤めをするようにと言われてまいりました……」

筆頭侍女。良家の子女を王妃のそば付きとして迎え入れる、口実。

いずれ妾《めかけ》として召し上げられる内定職と、巷《ちまた》ではささやかれる職。

「……僕はそんなものは知らされていない。すまないが、君にその役職を任せた本人に一度確認をして……」

「あら、つれないこと……」

娘は微笑んでいる。

「でも、何も事情を知らないのでしたら仕方ありませんわね……お話しいたしますわ。よろしければ陛下、こちらへ……」

娘に腕を取られる。客間の方へ、ふわふわと彼女は歩く。

フレデリックはかすかに眉を寄せる。彼女からは、不思議な匂いがした。

香水とは違う。花の匂いでもない。なんというか……日向の匂いというか……

「なんだか猫みたいな匂いがするんですね」

遠まわしに埃臭《ほこりくさ》いぞとディスられたと思ったご令嬢はピシッと固まった。

しかし王は特に悪意はなかった。

まあ、なんというか。フレデリック王、デリカシーというものが時折びっくりするほどない男であった。

やったわ……！　と、ミレイユ・ユペールは思っていた。

猫の匂いがするとか言われたが、王様を客室に連れ込むことに成功したのである。これは勝ったも同然……。

（やりました……旦那様……！　わたくしの愛する、ナイスミドル……ミレイユが王様を射止めましたら、どうかミレイユに……そのお腹のお肉を揉《も》ませてください……うふふ……うふふふ……）

このおっとりしたあまぁい声のご令嬢、まあ当然のように敵の手先であったし、まあなんというか、デブ専であった。

ふっかふかのお肉がいいのである。むにむにの包容力溢《あふ》れるお肉が大変に好みなのである。ぽよんとしたお腹が性癖に刺さるのである。

そういう意味で王様は全くお呼びではなかったのだが、愛するナイスミドルのふかふかお肉ちゃんが言うのだから普通に従う。

ある意味、愛に一途な女であった。

サラ・マーニュと方向性は違うが似たようなものである。

(うふふ……旦那様はきっと褒めてくれるに違いないですわ……ああ、愛《いと》しの旦那様……そのふわふわお肉が泡に包まれている、バスタイムをまた盗撮しなくっちゃ……)

犯罪者じゃん。

なんというかこの娘、世間一般的にいうとヤンデレメンヘラの美少女であった。絶対関わりたくないやつ。

そんなことを全く知らないフレデリックは、黒髪の美しい色っぽいご令嬢が、ぺっとりとくっついてくるので大変困惑していた。ちょっと普通にどきどきもしたが、まあ困る方が大きかった。

「すまない、ご令嬢。時短で頼みたいのだが。できれば三分ほどで」

短い。時短料理か?

ミレイユはおっとりとした微笑みを浮かべながら、すっとフレデリックにすり寄った。ここで逃してたまるものですか……。

監禁するみたいにねっとりと王様にすり寄って骨抜きにしてやるわ……!

「陛下……そんなにわたくしとご一緒するのはお嫌ですか……?　筆頭侍女になれば、あなた様とも『深く』交流することになると思いますのに……」

「ではその際には、王妃と共に茶でもいただこう」

違う、そうじゃない。

「……二人きりでは、いけませんの……？」

「筆頭侍女は基本王妃付きだろう？　僕と二人でお茶をするのは難しくないかな？」

うーん、この。

「ああ、そういえば、名前を尋ねるのを忘れていた……すまない、前にも聞いたかもしれないが、もう一度頼めるかい？」

「…………」

色仕掛けが効いてない上に、名前を尋ねるのを忘れていたと言われた上に、多分王様、これ悪気がない。こっちを意識して追い出そうとか傷つけようとか普通に思ってないし、そこに逆に傷つく。

役満である。完全に脈なしである。つらい。

ミレイユはなんとか笑顔を作った。

「……ミレイユ・ユペールと申します。どうぞよしなに……陛下……」

吐息混じりの色っぽい声を出して身を寄せる。ふわり、と甘い薄紫のドレスが揺れる。

そっと腕に触れて、身を寄せるスキンシップ。あきらかな色仕掛けである。超色仕掛けである。

「やっぱり猫みたいな匂いがしますね、ご令嬢……」

キレそう。

フレデリックは暫《しばら》く考えて思い出していた。

ユペール家は、王家の遠い傍流の貴族だ。大きな括《くく》りでいえば親戚とも言えるだろう。何せこの国、貴族の数が多いので小さな家となるとなかなか思い出せなかったりする。

（つまり……？）

遠い親戚の妹が「お兄ちゃんのお嫁さんになる！」って急に家に乗り込んできたみたいな感じ……かな！

「……お菓子食べるかい？」

「はい？」

食べません……と普通にミレイユはキレた。

「陛下……わたくしは、あなたの妾になるようにと……ここへ送り込まれてまいりました……」

ミレイユ・ユペール、キレていても口調がおっとりしているので、あんまり迫力がなかった。

「……う、うん……？」

「わたくし、必ずあなたの妾となってみせますわ……。議会で、そのお話が出るでしょう。即位したばかりのあなたに、拒む力はありません……」

おっとりとした口調だが、断定的な口調だった。

しかし、普段ヴィクトリアの黄金の獅子《しし》みたいな、覇王みたいな、なんかぎらぎらすげえオーラを浴びまくっているフレデリックはびくともしなかった。

ヴィクトリアと比べると、目の前のミレイユ嬢は黄金の獅子と子猫が張り合ってるみたいなオーラの違いである。かわいい。

子猫ちゃんミレイユはぎゅっと胸を張ってフレデリックを見た。

「わたくしは、将来の、あなたの妾です。……わたくし、あなたを心よりお慕い申し上げておりますもの」

「……それは違うね」

はっきりと言われて、ミレイユは目を瞬かせた。

凡庸《ぼんよう》で平凡で、騙《だま》しやすいであろうと思った王は、困ったように微笑んでミレイユを見下ろしていた。

「君は、僕のことが好きなわけじゃないだろう？」

「……何故です……？」

「前にね、似たような感じで告白をされたことがあるんだ。……僕のことが好きじゃない女の子に、そうやって告白されたことがあった。君は、彼女とおんなじ顔をしてる。

彼女は……家が傾きかけていたから、好きでもない僕にアプローチしてきた。家を建て直すために必死で、実際は僕のことを何も見てなくて……有り体に言うならお金がほしくて僕に……うん……」

可哀想。

王は咳払いしてから続けた。

「それに……そう。僕のことを、愛してくれる人がいるんだ。彼女の目は、……なんというか、もっと……熱っぽくて、優しくて。……一度間違えたからこそ、大切にしたいと、思うんだ」

まあ覇王なんだけどね、とフレデリックは続けたが、ミレイユはそれどころではなかった。

見抜かれた。自分の心を。本当は王を慕っていないことがバレてしまった。

だがここで認めるわけにはいかない。認めたら、全てが瓦解《がかい》する。ぷにぷにナイスミドルを盗撮させていただくという楽しいご褒美タイムが消失してしまうし、ふかふかお肉旦那様が悲しむ。

ミレイユは、どこまでも愛に一途な女であった。

「いいえ、陛下。わたくしは陛下をお慕いしております……」

「……どうしても、そう言い張るのかい？」

「はい。陛下がぷにぷにになってくだされば、きっともっと好きになれると思います……」

仮にも国王陛下を自分の性癖に巻き込もうとするな。


その頃、大の字になって寝ていたヴィクトリアは、真っ黒な闇の中にいた。

「なんだここは」

彼女は辺りを見回す。上下左右、何もない、真っ黒な空間。足を踏み出せば床の感覚はあるが、他は何もない。

ヴィクトリアが数歩前進した、その時だった。

目の前に、急にミルクティー色の髪の男が現れる。

「フレデリック……？」

『ごめんね、ヴィクトリア……僕は他の女性を愛してしまったんだ、だから君とはもう……』

「フレデリックはそんな事を言わぬわ、幻か？」

看破が早すぎる。幻で心を折る作戦、大失敗。

歩み寄って拳で腹を殴ろうとすると、拳が突き抜けた。

当たり前に王に暴力を振るおうとするな。

続いて、ふわりと目の前に男の影が現れる。美しい顔、緑の魅了の瞳。

『王妃ちゃんさー、そんなに偉そうじゃいつか国民にそっぽ向かれちゃうよ？　っていうか、民も君のこと好きじゃないし？』

「いつから民代表になったのだ？　主語がでかいぞ」

そうだね。

「まあ、愛されていようがいまいが構わぬ。我は国民を愛する、民を守る。それが王妃の、王家に属する者の役目だ。王族とは、王妃とは、民を愛し慈しみ、幸せに導くことが役目よ！！！！」

『うわっ、何この王妃やりにくっ……』

ミカエルにそっくりな幻はちょっと慄《おのの》いた。

覇王、今日も絶好調である。暗闇の中でも光り輝くオーラで、闇が普通に揺らぐ。

ミカエルの姿をとっていた何者かは、ふわっと闇に溶けた。

一瞬、悪魔のような尻尾がヴィクトリアの前を横切る。

『あのさあ、お前はここから出られないんだ、わかるか？』

青年のような、少年のような不可思議な声がヴィクトリアの耳元でささやいた。

「わからぬ」

『分かれよ。あのな、魂だけを呪縛で封じ込めるタイプの呪いをお前は受けたんだよ。古い、ふるーい呪いだ、内側からは絶対に解けない』

「ほう」

王妃はいきなり目の前の暗闇に手を伸ばして、ぐわしっ、と闇に溶けていた尻尾を掴んだ。超痛い。痛い！！！！

悪魔は闇の中で転げ回って姿を見せてしまった。

褐色肌に白い髪の男であった。

『いたいいたいいたいいたいいたい！　デリケートゾーンを掴むな!!　尻尾は敏感なんだからやめろ!!

マジで！！！！』

「おい悪魔」

呼び方が種族名。魔王か？

「答えろ。どんな呪いを我にかけた？」

王妃、むぎゅっと手に力を入れた。爪が尻尾に食い込む。

『いってでででで手に力を入れるな!! 古い呪いだよ!! キスしてもらわなきゃ目覚められない呪いだ!! オヒメサマ御用達の呪いだよ、だからお前は目覚められない、出られないんだよ！！！！』

「ふむ」

王妃は暫く考えていたが、そのまま闇の中に座って寛ぎ始めた。自由。諦めたのかな？ と悪魔は思った。

闇にヒビが入る数秒後まではそう思っていた。

『えっナニ』

悠然と座って、くつろぎながら呪いを内側から破壊している王妃は微笑んだ。

ピシッ、ピシッ、と、闇に光が入っていく。内側から溢れ出る覇王オーラで呪いが普通に破壊される。おいやめろ。

「我はな、自分を姫だとは思っておらぬのだ」

『いや公爵家の姫だろうが!!』

「今の我は王妃であり、――助けねばならぬ者の……そう、騎士とでも言おうか」

『騎士』

「最高の騎士のつもりだが」

自己評価が高い。

自分は姫じゃなくてどっちかっていうと助ける側！という自覚だけで、この王妃、内側から呪いを破壊している。

怖い。

特に魔力も感じられないのに、気合だけで呪いを破壊するな。

『気合で呪い解けるとかズルだろ⁉　こんなの聞いてねえ！』

「ズルだと？」

王妃は婉然《えんぜん》と微笑む。既に差し込む光はあまりに眩《まばゆ》く、呪いで形作られた魂を捕える檻《おり》は粉々になりかけていた。

「ズルではない。我の愛だ」

（イケメェン……じゃなくって、いやそれずるじゃん！！！！！！）

悪魔は心の中で叫んだが、檻が壊れたのでもうどうしようもなかった。

檻の中に閉じ込めていた獅子が外へ出たからといって、素手で止められるか？　無理である。

普通に無理。怖い。

愛で呪いを解く。

その、おとぎばなしの王道を自力で完遂した王妃は、悠然と呪いの檻を出て行った。

その後ろ姿は、光り輝かんばかりに覇王であり、女帝であり、そして騎士であった。

王子のキスを必要としない王妃は、ラブパワーマックスパワープレイで目覚めた。

お姫様向け呪いっていうのが発注ミスだったんじゃないですかね。


「ところで陛下、貴族議会員の一致した意見なのですが、後宮に筆頭侍女としてユペールの令嬢を入れる話は如何《いかが》でしょう」

来た、とフレデリックは思った。

議会は端的に言えば政治の場である。その政治には、当然王の婚姻関係、婚約話なども含まれる。ヴィクトリアが婚約者になったのも、こういった議会の結果だったらしい。

まあ、二人が婚約関係になったのは二人ともがまだ赤ん坊だった頃なので、婚約者に決めた貴族たちはヴィクトリアがあんな覇王に育つとは思っていなかっただろうけども。

フレデリックは咳払いをして、議会を見渡した。

貴族五人、立場ある平民五人の議会。そして、そこを司る宰相。

それらを眺めて、言い放つ。

「私には王妃がいる、妾を入れる気はないのだ」

しっかり言えた、と思ったらたちまち畳み掛けられた。

「王、そういった問題ではございません。王の直系の子どもは幾人か必要なものなのでございます」

「その通りです、王妃様とのお子が弱く、玉座が継げぬ可能性もありましょう」

カエルの子がカエルなら多分覇王の子は覇王なのでは？

「陛下。妾を一人程度は囲ってくださいませ、甲斐性《かいしょう》がないと思われますぞ」

「美人はいくら側にいてもいいでしょう？」

「ハーレムは男の夢ですぞ！」

うーん、段々意見が脱線してきた。

宰相がりんりん、と金色の鈴を鳴らす。静粛《せいしゅく》に、の合図だ。

でっぷりと太った宰相、アーノルド・ブランダンは王を穏やかな目で見て言った。

「おそれながら陛下。ユペール家は王家の遠縁、妾にするには惜しいほどの血筋でございます。最初は筆頭侍女として後宮に上げることとし、その後妾になさるかどうかは陛下御自身でお決めになっては。こういうものは相性がありましょう」

「……」

妾を押し付けようとする貴族たちを抑えての、冷静な一言であった。

正直筋が通っているだけに言い返しづらい。たしかに国のことを考えるなら、王妃一人に絞るのはよくないのだ。それに、筆頭侍女として後宮に上げるというだけならば、妾になるわけでもない。まだ逃げ道はある……。

けど、こういうのって絶対既成事実とか作られるのわかってるんだからな！

フレデリックは自分自身の心が弱いのをよくわかっていた。故に、ここで拒まなければずるずると策略にハマりそうな気配を察知した。

「……すまない、ブランダン宰相。私は王妃以外を後宮に入らせる気は本当にないのだ」

「ほほう、それはまた随分なご寵愛《ちょうあい》ぶりで。うらやましい限りですな、わしもご寵愛いただきたい」

「なんて？」

聞き間違ったかな。

「……こほん。政治的に考えれば、妾を入れるのは正しい判断だとは分かる、それは私にも理解できる」

「ならば陛下……」

「では是非ユペールのご令嬢を……」

「ハーレムは男の夢……」

さっきからなんかすごいハーレム推しいるな。

王はざわついている中で仕方なく台パンした。

皆は、普段穏やかな王がいきなり机をぶっ叩《たた》いたのでびっくりして黙った。

全員が静かになるまでに五分かかりました。

王は真摯に言った。

「たしかにハーレムは男の夢かもしれない、わからなくもない」

演説の冒頭が最悪すぎる。

「でも！　私は王妃以外を後宮に入れる気はないのだ。……皆が世継ぎの件を不安に思うことは分かる。たしかに後宮には多くの姫がいた方が、王としての外聞も保てるとは思う。

だが……私は彼女たちの全てを御せるとは思えないし、愛せるとも思えないんだ。私は王ではあるが、同時にただの一人の男でしかない。それを自分でもよくわかっている。たくさんの女性を愛することは、とても難しい。

例えば後宮に入れたとしても、全く王が会いにこないとなれば悲しむご令嬢もいるだろう……世継ぎを身籠《みごも》った、身籠らないで悲しむ方もいるだろう。それが、いいことだとは思えないんだ……」

あまりに、人間的な意見であった。言い換えるならとても普通だった。真っ直ぐで素朴であるが故に強い。

論理ではいくらでも反論できるが、人としての感情を考えるなら、とても反論しづらい。

ブランダン宰相は、この凡庸にして御し易そうな王が、凡庸であるがゆえに逆に強固に意見を打ち出してきたことに驚いた。

王妃を。王妃さえ動けなくしてしまえば、王など思いのままだと思っていたのに。この王は王で、今まで隠されていただけで、独自の強さを持っていた。弱い故に強い。

しかしまあ、ブランダン宰相がシリアスな雰囲気で驚いている間に、王の演説はどんどんぐだぐだにぐだっていた。

だめじゃんか。

「それに、後宮に妾を入れても、子ができなければ意味もないだろう？　そして私は……まあ、ヴィクトリア一人ともまだその……うん……あんまり……はい……」

ぐだぐだである。

しかし貴族たちも平民たちも彼が言わんとしている事を察した。同じ男として普通に同情した。

「陛下……」

「しっかりしてください……」

「あの王妃様ですしね……」

「今度錬金塔で精力増強蛇ドリンクを造って贈らせますのでうちの商家をよろしく……」

さりげなく宣伝しているやつがいる。

演説がぐだって、フレデリックは非常に情けない顔をしていた。

その結果貴族も平民も男として王にめっちゃ同情する議会になってしまっていた。なんでだよ。

「とにかく！　……世継ぎの件は私が……なんとか頑張るし、その気になれば多分僕だってスポーツのチームができるくらいには行けるので……！！！！！」

（陛下……頑張ってください……!!）

（それはちょっと無理では……）

（いやでも男として応援はしたい……）

議会の中をいろんな感情が交錯した結果、民衆院の方からじわっと声が上がった。

「頑張ってください陛下……」

「応援しております……」

「平民の一人として、一人の女人に愛を貫く姿勢大変感服いたす……」

「素晴らしいでごわす……」

武士とか相撲取り混ざってない？

王は声を精一杯張って言った。

「つまり。犠牲になるご令嬢を出さないためにも、この件は一度取り下げてほしい……すまない。もしどうしてもユペールのご令嬢が侍女として仕えたいというのなら、先代の王の公式愛妾《あいしょう》、デルフィーヌ殿の離宮辺りで経験を積むのもいいと思う。いいだろうか？」

ブランダン宰相は心の中で舌打ちしたが、表面上は穏やかに微笑んだままに頷《うなず》いた。

「陛下がそう言うならばよろしいですとも。では、ユペールの令嬢にはそのように」

「すまない、宰相。それから後でよければ話がしたい、王宮裏に来てくれ」

告白か？　と何人かが思った。

議会はそれからつつがなく解散した。ブランダン宰相は部屋から出て、豪奢な廊下を歩きながら唸《うな》った。お肉がぷるんぷるんしている。

（ミレイユめ、失敗しおったな……王がああも強固に拒否するとは……。くそっ、事前にあれほど肉をむにむにさせたというに……）

揉まれ損。

しかし、ミレイユの色仕掛けとあの可憐《かれん》な容姿、女性らしい雰囲気。どれも王妃にはないものだ。それを併せ持った女に王が弱いことはリサーチ済みであった。それなのに失敗した。何故だ？

（王妃の差し金か……？　いや、だが王妃は呪いで今は動けぬはず……）

あの古い呪いは、女性には随分と強固に効くという。自前で魔術師を雇って丁寧に練り上げさせた呪いだ。故に王妃が事前に王に動きを指示できたとは思えない。

不可解であった。たどり着いた結論は、至極単純。王を侮っていた、弱く意志薄弱で、甘いだけの王だと思っていたらしっぺ返しを食らった、それだけだ。

宮殿の裏に行くには、小さな庭園を抜けなければならない。人気《ひとけ》のない庭園を、でっぷりとした宰相は歩いていく。

庭園には、一面に花が咲いていた。この季節にふさわしい、赤い花。甘い香りが辺りに薫る、美しい小さな庭。

　その真ん中に、赤いドレスの女が立っていた。

　裏庭へ行こうとする道を塞ぐような形で、立っていた。

「な……!?」

　女は振り向いて、こちらを見る。ここにいるはずのない女だ。呪いで今は魂をとらわれているはずの女だ。どうしてここにいる。どうして。蜂蜜色の髪が、光に黄金に輝いている。

燃えるばかりの瞳、細い体から溢れ出るオーラがすごい。

「妃殿下《ひでんか》…………」

「うむ。ヴィクトリア・ウィナー・オーストウェンである」

　彼女は手元から輝く矢尻を取り出して、そっと瞳を細めた。

「さて、ブランダン宰相。……これに見覚えはないか？」

「…………………ありませんな!!」

　ブランダン宰相はそれはもうめっちゃ空とぼけた。年の功というやつである。王妃の手の中にある煌《きらめ》く矢尻、それは確かにブランダンが手配したものだ。錬金塔の英知の結晶、オリハルコンをも砕く矢だ。

ヴィクトリアはついと眉を上げる。美しい顔は微笑みを絶やさない。すごい綺麗《きれい》だけどすごい怖い。

「うむ。そうか。どうしても知らぬと言うのであれば、我は構わぬのだ。だがな、我の伴侶が許すとはあまり思えぬ。あれは優しいが、人間的に弱い所がある。我を撃たせたのがブランダン、お前であると知れたらキレるやもしれぬ」

そんな、王に対してキレやすい若者みたいな。

「………王妃。わしを犯人だと決めつけておられるようですが、証拠があるのですか？」

「そうだな。この矢尻を錬金塔へと発注した人物のことだが」

宰相はにやりと陰で口元を笑ませた。全く関係ない、赤の他人を雇って買わせたのだ。そいつが漏らしていないのならば、王妃とて気付かないはず。

しかもその路端で声をかけた孤児は、もうこの国から消えた。

その孤児、昨日から南の国にバカンス旅行一年に出してしまったので死角はない！　今頃南の海でウッハウハだろう。きっと大丈夫。

「ブランダン宰相。矢尻を注文した少年は、貴様の弟の姪《めい》の友人のメイドの隣の家のおじいさんの孫のやっている青空教室の生徒だな」

そんなことある？

「そ、そんな、王妃……他人ではないですか！　それは言いがかりでは……！」

「その子供が、一年間南の国に行けると心から喜んでいた上に、でっぷりと太った身分ある貴族がその権利をくれたとみなに英雄のように言いまわっていてもか？」

えっ、それはちょっと嬉《うれ》しい。

しかしそれでもブランダンは全力で空とぼけようとした。

「は、はは……何をおっしゃいます、妃殿下……。太った貴族など、いくらでも……」

「ブランダン。それが実はそこまでおらぬ」

「は……」

「この国で、でっぷりと太っていて、王宮勤めをしており、金のある貴族となるとそこまでおらぬ。まあこの国では基本的に体形を維持できないとそこそこ恥ずかしいので、貴族は皆筋トレに励むゆえな」

この国の貴族、みんなシェイプアップしすぎ問題。

「というわけでだ。お前が犯人としか考えられぬ——ブランダン宰相！」

王妃の背中から覇気が溢れるのを見た気がした。赤い花の中、颯爽《さっそう》と赤いドレスを風に揺らして、まるで探偵のように指をさす。あまりに絵になりすぎる。これはもう指差された方はがっくりと膝を落として項垂《うなだ》れるしかないではないか！

やらんけど。

「…………くっ……」

　ブランダン宰相は諦めの悪い男だった。

　王妃は今一人だ。今うまく取り紛れてこの場を離れ、自分のテリトリーに入り、兵士に保護させる。王妃の言ったことはまだ推測でしかない、適当な犯人をでっちあげればまだ勝機はある。

「……妃殿下。それは全て憶測でしかありませんな、その青空教室の孤児に金をやった者は実は貴族ではないやもしれませんし、万が一貴族だったとしてもここ三日ほどでいきなり太りまくったものがいるやもしれません」

　いやそれはないだろ。

「そんな戯言《たわごと》に付き合ってはいられませぬな。わしはこれにて……陛下の元へ行かせていただきたく思います。王宮の裏にて話し合いの約束をしておりましてな」

　王妃さえやり過ごしてしまえば、王はどうとでもなる。

　なんか泣き虫だし。へたれだし。優しそうだし。

　そう思っていたブランダンは、王妃の言葉に度肝を抜かれてしまった。

「そなた、うっかりキレたフレデリックに死罪にされたらどうする」

　えっこわ。

「あれはまだ、そなたが完全な黒であることを恐らく悟っておらぬ。此度《こたび》の呼び出しも、まあカマをかける程度の気持ちで呼び出しているのであろう」

　何を言いたいのだ、王妃は、とブランダンは焦る。なんか遠まわしにじわっと首を絞められている気がする。圧が強い。

「王にバレればやばいぞ」

　全然遠回しじゃなかった。

「死罪、いや場合によってはまあ、島流しであろう。あれは優しい男だが普通に人間だ。我があれを愛しているように、あれも我を愛しておる。王妃に手を上げた人間は死罪でもおかしくない。王が死罪と言えば、証拠が多少揃《そろ》わずとも死罪にすることはできる」

「つ、つまり妃殿下は……この、わしを……助けに……？」

「阿呆《あほう》」

　黄金色の髪が、空に揺れる。彼女は美しい獣のようであった。

　牙を剝いた獣が獰猛《どうもう》に笑うように、笑っただけで何か、恐ろしい何かに見つめられたような感覚が背筋を貫いた。

　普通にめっちゃこわ。

「我を害しておいて、赦《ゆる》しを請うとは片腹痛い。貴様にはそれ相応の罰を受けてもらおうと思ってここへ来たのだ」

　王妃が片手で手招きするとどこからか、でっかい箱が落ちてきた。

　なにこれ。用意させてたの？

　しかし、あの形。あの大きさ。中に入っているのは恐らく長いものだ。長く太い、……剣である可能性が、一番高いような。王妃の愛用の剣が大剣であるのを、ブランダン宰相はよく知っていた。敵を知らねば倒せまいと情報収集していた時にたまたまその情報もあったのだ。

しかも、それでかつて、盗賊団を消し飛ばしたという。

ブランダンは、死を意識した。もしかして王に死罪の命令を出させるのが嫌で、自ら殺しに来たのでは⁉　この王妃ならやりかねない。

宰相、王妃に対する印象が大分怖い人だった。

王妃が箱を、開ける――……

「お待ち下さい！！！」

その時だった。

王妃と、ブランダンの間に。

ふわふわの、ライラックのドレスが割り込んだ。

ハーフアップのさらさらの髪、華奢《きゃしゃ》で可憐な容姿。それでいて色香漂う、美少女。

ミレイユ・ユペールであった。

ミレイユは伏して請い願う勢いで言った。

「妃殿下、どうかお待ち下さい……！　ブランダン様を許してください、どうか……死罪だけは……」

突然割り込んできた少女に、ブランダンは息を呑《の》んだ。

ミレイユ。何故彼女がここに。

「ごめんなさいブランダン様、ミレイユ、心配でついてきてしまいました……！　妃殿下、わたくしは、ミレイユはこの方に支援を受けねば生きてこられませんでした、ユペール家の財政難を救ってくださったのはこの方だったのです……！　父の亡くなったユペール家を、家族のように助けてくださいました！　そこに思惑があったとしてもミレイユは……ブランダン様が大事なのです……！　ですから、どうか、ご慈悲を……ご慈悲を……！」

「ミレイユ……」

ブランダン宰相は目を見開いて、少女を見つめた。まだ娘ほどの年齢である少女を。そして何故か最近めっちゃ腹肉を揉みたがる娘を。

ミレイユは父親がいないので、なんかこう、父性を求めてるのかなあと思って何となくされるがままになっていたのだが。ここまで、彼女が必死に自分を助けようとしてくれるとは思わなかった。

正直娘のように可愛……いや、これは使える駒だ。

「ブランダン様の体は最高なんです！　ミレイユはブランダン様がいないともう生きていけません！　どうか殺さないでください！」

うーん、語弊がありすぎる！　解散！

「……我は別に、殺そうなどとは思っておらぬが」

一頻《ひとしき》りミレイユの嘆願を聞いた後で、王妃は言った。

宰相は呆気にとられたし、ミレイユもぽかんとした。だってその落ちてきた木箱の中身で、がつんと殺す気ではなかったのか。だって明らかに長くておっきいものが入っている感じじゃんその木箱。

彼女は箱の中から、長いものを取り出す。……手に握られていたのは、

……モップだった。

モップである。

なんの変哲もないモップだ。王妃がふりかざしたからといっていきなり聖剣になったりしなさそうだし、光り輝きそうでもない。

「それは……？」

「モップだが」

「モップ」

宰相、オウムになるしかなかった。

「これをそなたにやろう」

「は……？　いや別にいりませぬが」

「拒める立場であるとでも」

「申し訳ございません」

くそ、この小娘が！　と思いながらブランダン宰相はモップを握った。

モップの持ち手の手触りがすべすべで気持ちがいい。木目の感触が手のひらに伝わってくる。いいモップだな、ということだけなんとなく分かってなんか、すごく掃除がしたくなった。

めっちゃ捗《はかど》りそう。

逆を言えばそれ以外特になにも起こらなかった。

「そなたをこのまま王宮に置いてはおけぬ。数年間の拘留のあと、処罰として離宮中心の環境大臣の地位を与える。これはその餞別《せんべつ》だ」

「か、かんきょうだいじん……!?」

宰相はひっくり返りそうになった。

環境大臣とは。ある一種の、まあ隠語であったからである。一部庭の手入れ以外は、大体の仕事は……手洗い場の掃除である。

「こ、このわしに！　環境大臣をせよと！」

「そうだ、トイレ掃除大臣を頼む」

この王妃歯に衣着せねえな。

「妃殿下!!　こ、このわしを、侮辱……侮辱して……！」

「わたくしはトイレ掃除をするブランダン様も素敵だと思います……！」

「ミレイユは黙っとれ！」

ヴィクトリアはついと眉を持ち上げて婉然と笑った。

挑発するような、閃《ひらめ》くような微笑みであった。

「ほう。つまり環境大臣を務める自信がないのだな？　お前が環境大臣になれば庭はめちゃくちゃに、トイレは混沌《こんとん》とすると……？　長年国を牛耳ってきたお前がそれほどの実力しかないと……？」

「そんなことはありませぬが！！！！！」

めちゃくちゃに怒っていたのでうっかりブランダンは挑発に乗ってしまった。

ブランダン　は　こんらん　している！

「くっ……できるに決まっているでしょうが‼　このブランダンが、離宮中心に王宮の手洗い場をピカピカに磨いて見せましょう！　それはもう、入れば花の香りがし、幸福になり、入っただけで気分が清浄になり、病や怪我が治り、入っただけで呪いも毒もありとあらゆるものが浄化されるような素晴らしい場所にしましょうぞ‼」

もうそれ聖域じゃん。

「ブランダン様……かっこいい……」

ミレイユはぷにぷにのブランダンがカッカと怒る様にうっとりとし、王妃はそんな宰相を見て満足げに微笑んだ。輝くような微笑みであった。

「よかろう。では、宰相。おぬしの処罰は王妃の一存にて、その形とする。数年間の拘留と、その後の掃除に励むがよい。どんな持ち場でも力を生かせば必ずや実になるであろう‼　そなたが何故我を害そうとしたかは察しがつくが問い詰めはせぬ、そなたはそなたで過ちを正し、これからは償いと共に正しき生を生きるがいい！！！！」

（くそっ、この小娘が……！　悔しいでも覇王オーラに当てられちゃう……！！！）

（ああっ、王妃様に当てられていらっしゃるブランダン様も素敵……！　お肉がぷるぷるしていてかわいい……!!）

最早混沌。

そのあと、約束をすっぽかされたかな？　と思ったフレデリックがやってきたのは三十分後、すべての片がついて宰相が拘留されたのは一時間半後であった。

王は宰相が王妃を撃たせた犯人であるということを聞くと、まあ普通にめちゃ怒ったが、王妃の取りなしでなんとか怒りを収めた。

国の牢《ろう》に数年間拘留されたブランダン宰相が牢屋の汚さにキレて掃除に目覚め、面会に来るミレイユ・ユペールの手も借りて『宰相だったわしが牢屋に入れられたので掃除を始めたら人生が変わった――let’s start souzi――』という本を出すのはまた、数年後の話である。

ついでにそれがバカ売れして、国の主婦の間でベストセラーになるのも、また別のお話である。

数日後、王宮の庭に午後の穏やかな光が降り注いでいた。王と王妃は公務の合間、温かな光が降り注ぐ庭園の中二人きりの……否、いくつかの毛玉と一緒の時を過ごしていた。

猫が六匹ぐらい、二人の足元やらテーブルの上やらでごろごろしていた。めっちゃ猫。それはもう猫。

猫にくっつかれまくったフレデリックは、ふかふかに埋もれながら王妃の方を見た。この王様、小動物にめっぽう懐かれやすい体質ゆえにめちゃくちゃ毛玉たちに愛されていた。

膝が猫のベッドと化した王は、精一杯真面目な顔をして王妃を見た。

「ところでヴィクトリア、君、僕が宰相と会う前にわざと割り込んだね？」

「なにがところでなのかわからぬが、そうだな」

突然の真面目。

言われた王妃は膝に白猫を乗せたまま、澄ました顔で紅茶を飲み干した。

「まあ、そなたと宰相の逢引《あいびき》を邪魔したことは謝ろう。だがお前は我の男ゆえな、余所《よそ》の男との逢引はどうかと思うぞ」

「逢引じゃないし全部誤解!!」

王様、思わず渾身《こんしん》のツッコミ。

フレデリックは一つため息をついた。

「ヴィクトリア、僕が彼に何かすると思ったのかい？」

「お前は昔から、感情が昂《たかぶ》ると馬鹿なことをする。うっかり宰相が死罪にならぬよう取り計らったまでよ」

「信用ないなあ……」

そう言いながら、王妃は膝の上の白い猫を撫でてやり、テーブルに飛び乗ってきた黒猫が気まぐれにクッキーを齧《かじ》るのを見守る。蜂蜜色の髪が、午後の日差しに淡く輝いている。

これらの猫は、全て宰相の家で飼われていたものだ。大半の猫はミレイユ・ユペールが引き取ったのだが、どうしてもキャパシティオーバーになってしまった分を王宮で引き取ったのだ。

ねこちゃんに罪はない。死罪にされかねない罪を犯した男が飼っていたねこちゃんたちでも、べつに罪はないのである。

「うっかり死罪にはしないよ……それやったらまずいじゃないか」

「では意図的にならばあるのか？」

「ないです！！！」

「我はある」

「えっ」

「冗談だ」

怖いよ。

王は一つため息を吐《つ》いて、猫たちをあやす。猫たちの中の数匹は、背中にぴょこんと悪魔の羽のようなものが生えていて、庭の中を好き勝手飛び回っている。トビネコというやつだ。トビネコの中でも、アクマ種に近い、魔族の血を引く猫である。まあかわいい。

ぱたぱたぱた、とフレデリックの目の前まで飛んできて、きゅるん？　と首を傾げてこちらを見てくる。

もう小悪魔。はいかわいい。

フレデリックは複雑な気持ちでトビネコをみやった。とってもかわいい。かわいいんだけども。

フレデリックは少し困った顔で猫の頭を撫でた。

「ところでこの猫どう思う？」

「かわいいな」

「そうじゃなくてね」

「だがお前の方がかわいいぞ」

トゥンク。

「そうじゃないからね……あときみの方が、その、かわいいよ」

「ほう？」

「ライオンみたいな微笑みでこっち見ないで」

食われそう。

フレデリックは何度か咳払いをして気分を整える。かわいいと言われるのは心外でも、その声や瞳が愛おしそうに揺れているのを見るとどきどきしてしまうのである。条件反射が憎らしい。

そんなことを考えていた王の顔に、トビネコが体当たりしてくる。猫は猫なので王の身分とか関係なしである。ごろごろ、魔界の深淵《しんえん》で沸騰するマグマみたいな音で唸ってご機嫌だ。

どう考えても、この国出身の猫ではない。それがちょっと、かわいいけどだめだ。

「ブニャアアアア」

声がひっくいなこいつ。

ヴィクトリアは膝の上の猫を撫でながら二杯目の紅茶を飲み干した。

「まあ言いたいことはわかる。魔国主体で飼われている猫が、何故宰相の家にいたのかという話か？　これは輸入禁止のはずだ」

「そう……うちの国は全面的に魔国とのやりとりを控えてるんだ。魔力が豊富すぎてあそこの国、作物も動物も優秀なのが多いからね……うちの国の色んなものが死滅しちゃう。密輸の可能性があるよね、この件は少し調査しないと……」

地産地消の敵、輸入しすぎはダメゼッタイ。

フレデリックはため息をついたあと、猫を放してやる。王妃の膝の上にいる猫もそっと芝生の上に下ろしてあげた。

「……まあでも、今日は問題が一つ片付いたばかりだし、この話は今度でいいか。そういえばヴィクトリア、さっきから猫にばっかり構ってるね」

王は軽く牽制《けんせい》する。自分だって構ってほしいし。

「お前が猫にばかり構っているからだが？」

まさかのやきもち系強カウンター。

カウンターされたフレデリックは黙った。王は頑張って最適解を探す。なんといえば正解なんだ、この場合。ヴィクトリアは僕が猫にばかり構っているので、自分も猫に構っていると言った。やきもち？　あのヴィクトリアが？　女の子にやきもちを妬かれた場合、どう返すのが正解なんだ？　なにもわからない。

「ねこ、かわいいもんね………」

答え方がだめすぎる。

この乙女心のわからない王、結局こういう無難な返しに落ち着いてしまった。王子時代に王立学園にいたくせに、ほとんどモテなかったのはこういうところで変に外す性格のせいであった。恋愛ダメダメマンである。

だめじゃんか。

それに対して蜂蜜色の髪をした王妃は艶やかに微笑んだ。

「ああ、猫はかわいい。だがお前の方が愛おしいぞ」

（ずるい……！！！！！）

クリティカルヒット。無理では。

ヴィクトリアの手が伸びてきて、ミルクティー色のフレデリックの髪を撫でる。優しい掌《てのひら》だった。彼女はいつも覇王オーラがすごいけれど、こういう時は驚くほどに柔らかい表情をする。

王は小さく笑ってから困ったようにはにかんで、そっと頬を撫でる手に上からてのひらを重ねた。

女性にしては少しだけ長い指、赤い色彩で爪先を彩られた綺麗な指を引き寄せて、口付けようとし——……

トビネコが突撃してきて王の顔に体当たりした。

毛が思いっきり口に入った。

「うわ！」

「……はは」

王妃は面白そうに、闊達《かったつ》に笑う。王妃の白い手にひょいと抱き上げられて、悪魔の羽をした猫はごろにゃんとその赤いドレスの胸に甘えてみせる。いいな。うらやましい。僕だってヴィクトリアといちゃいちゃしたい。

「お前とは散々寝台でいつもいちゃついているだろうが」

「心読むのやめて！」

あと語弊が大きい。

「なんだ、お前も頭を撫でられたり甘やかされたりしたいのであろう？」

ヴィクトリアは黄金色の日差しを背景に美しく微笑む。王はもう取り繕うのを諦めて、王妃をそっと抱きしめた。間に挟まれた猫は、くやしいけど潰さないようにした。恋敵でもかわいいものはかわいいので。

「……したいです……」

「素直でよい。存分に甘やかしてやろうぞ」

「それから僕も甘やかしてあげたいんだけど……だめ？」

「……」

王妃は、王の言葉に一瞬黙り込んだ。それから微かにふっと息を吐く。彼女は微笑む、いつもとは少しだけ違う柔らかい笑み。透明感すらある、十九歳の娘らしい微笑み。

彼女はうつくしい唇を寄せて、強引に王に口付けた。王は目を白黒させる。

今ちょっとなんか、きみ可愛く可憐に笑ってなかったっけ？

「よいぞ、我が赦す」

うーん、台詞《せりふ》のチョイスは覇王！　解散！

彼女は王子様からのキスを待たない。待つぐらいなら自分から仕掛けていく、欲しいものは掌に、愛おしいものは腕の中に。

ヴィクトリア・ウィナー・オーストウェン王妃は今日もまた、世界で一番偉そうである。

六章　世界一偉そうな王妃は地獄の番犬を手懐ける

「で、この猫をどうしろっていうわけぇ～？」

王の部屋に呼び出されたミカエルは、トビネコを押し付けられて顔をしかめていた。

ミカエルの腕の中に抱き留められたもふもふは不服そうだ。ブニャアアアアと低い声で鳴き、ミカエルの腕の中を嫌がってフレデリックのところに戻ろうとする。

足でけりけりされた。腕噛《か》まれた。

「いってぇ！　歯鋭っ！」

めっちゃ嫌われてんじゃん。

対してトビネコに肩の上に乗られてめっちゃくちゃぐりぐり頭を擦り付けられているフレデリックは、頑張って王の威厳を保とうとしていた。

「ミカエル、よければこの一件に関して『ブニャアアアア』調べて『ごろごろごろ』くれない『ぶにゃにゃにゃにゃ……』か。一番君が適任だと思う。この猫は本来、うちの国にはいないものだ。『にゃ――ご』魔国から密輸されている可能性が高い、だから調査を頼みたいんだ」

猫がめっちゃ会話に入ってくる。ミカエルは笑えばいいのかどういう顔をしたらいいのかわからなくなった。笑えばいいと思うよ。

「そりゃあ王様直々のお願い『にゃにゃにゃにゃ』だったら、単なる護衛術士のオレには『シャ――！！！』拒否権なんてないけどねえ。でもなんでオレ？『ギエェ――ッ!!』」

最後祈禱師《きとうし》混ざってない？

王は黙って、少し深刻そうに息を吐《つ》いた。

「なに、深刻な話？」

「まあ、すこし……」

ミカエルは嫌な予感を察知する。この天才、ビビリなのでこういった危険な空気というものに異常に鼻が利いた。なんか今回の話やばそうな匂いする。でもここで引いたら天才の名が廃《すた》る。いいとこ見せたいし。

「えーっと？　何、なんか言いづらい感じ？　オレと王様の仲じゃん！　一緒に王妃ちゃんのハーレムで励まし合ってお局さまの苛めも潜り抜けて生き抜いて二人で明日を明るく生きて行こうねって裸の付き合いで約束した仲っしょ～？」

その記憶はちょっとない。

王はミカエルの軽口をしれっと無視した。フレデリック、段々変な人たちと関わりすぎて耐性ができつつあった。

「実は。君には、闇市周辺を調べてきて欲しいと思っていて」

「闇市」

「闇市」

「めっちゃ盗品とかやべえ薬とか売ってるとこ？」

「そうだよ」

「人身売買で平和バイバイなあそこのこと？」

「そうだ。きみは魔力も高いし、魔法も上手だ。ああいった場所でも身を守れるだろう？」

「やだよ怖いじゃん!!」

天才、一瞬で格好をつけるのをやめた。

「オレがいくら天才術士でもさあ～、術士なんだから下手にがつんと物理でこられたらダメじゃん？」

彼は割と己のできることとできないことを理解していた。

王は机の上で指を絡めて精一杯威厳のあるポーズをする。肩には猫が乗っかって頭を擦り付けていたが。

「調査してほしい場所は、全体が裏取引の巣窟と化していると言われている定期市、ティル・ノーグ。通称黄金市としても有名だ。表向きは普通の市場だよ」

「いや話聞けよ王様オレ嫌だって言ったじゃん！　表向きはってナニ？　あの市場が定期開催されるとこ魔国と近いしめっちゃ亜人とか獣人とかいるでしょ、暴力沙汰多そうでやだよ！」

「だからこそ、だ。獣人や亜人族は魔法の耐性が低い。きみならきっと、絡まれても逃げられる」

遠まわしに魔眼を使えと言われているのか。

ミカエルは大仰に仕草で肩を竦《すく》めた。

「それって、いざ屈強なのに絡まれたらオレの魔眼で敵を魅了して恋させて逃げろってこと～？」

「その通りだ、きみならきっとできるだろう？」

マジかよ。

ムキムキ男らしい獣人とか、ツルッピカちょび髭《ひげ》系の男性とかにはちょっと魔眼は使いたくない。

あれ、魅了された側が熱烈に口説いてくるオプションついてるし。

ミカエルは思わず敬語になった。

「あの、オレ、屈強な殿方相手だと流石《さすが》に魔眼も難しいと思うんですよぉ。うまくできるかどうかー……」

「大丈夫だ、きみは顔が綺麗《きれい》だし、安全にいける」

「いや無理」

「きみの魔眼は透き通った碧《あお》の湖面のように色が綺麗だと思う。相手が男でもいけるよ！」

王様、サムズアップ。

「いけねえしそういう台詞《せりふ》は王妃ちゃんに言えよ！」

突然口説いてくるんじゃねえ。

まあ、なんだかんだで王命には逆らえないのでミカエルは大人しく荷をまとめた。その三日後、月の静かな晩のことであった。星々もない、月だけがひかる夜。朝方に黄金市入りしても構わないが、やはりこういう潜入は夜の方が都合がいい。

ミカエルは三つのトランクを持って、城の入り口で迎えの馬車を待っていた。古びた革トランクの中身は、数日分の着替え、制服、おしゃれ着、寝巻き、アクセサリー、化粧品などである。女子か？

暫《しばら》くぼんやりしていると、馬車が走ってくる。黒塗りの目立たない馬車は貴族の家ではありふれた馬車だ。王家の紋章もないし、特に家紋もない。全く目立たない。

乗っている御者はがたいのいい男だ。暗闇で顔はよく見えないが、ムキムキマッチョマンである、馬が逃げ出してもこの人が馬車引いて走ってくれそう。

「ミカエル・カタリア様ですね。陛下より任務先への同伴を仰せつかりました、よろしくお願いいたしまっす！」

元気だな。

「うんうん、こちらこそどうぞよろしくお願いしまっす！」

口調が移った。

軽く会釈してからミカエルは馬車に乗り込む。

さて意外なことに、中にはすでに先客がいた。

格好からして軍から来た前衛の兵か。きっちりとした濃黒《まっくろ》の軍服を身に纏《まと》い、旅用の灰色のフード付きローブで頭から腰辺りまでを覆っている。腰には太めの剣を帯びて、すらりとした体つき。ミカエルは術士なので本格的に戦闘となればどうしても詠唱や、術の準備が必要になる。それ故手配されたサポートか。

愛想よく微笑みを見せて、ミカエルは先客にウィンクした。

「今回の任務ではどうぞよろしく、兵士さん。普段は王妃様付き親衛隊のミカエル・カタリアっていうんだ～。今回はオレがあんまりに天才だから現地調査に回されたんだけど～！」

この男、初対面でもガンガンにナルシストを発揮していく。ぶれない。

彼は身軽な仕草で革張りの座席に座った。扉をしめると、馬車が揺れ始める。グローリア領のさらに向こう、ティル・ノーグへと向かうのだ。蹄《ひづめ》の音が心地いい。寝そう。

だが、遠出前に目が冴《さ》えるタイプのミカエルは全く眠くなかった。

ゆえに暇を持て余していた天才は隣に座る無口な兵士に絡んだ。からみまくった。

「ねえ聞いてよ兵士さぁん、暇なんだけどオレ。ちょっと雑談しよ！」

「……」

「オレさあ、天才なわけ。相手を一瞬で骨抜きメロメロにできちゃう妖精の魔眼と、ちょー強い魔力とイケメン顔を持った人生チート！　でも今もさ～、相変わらず王妃ちゃんのヒモになれてないんだよね～！　どうしたらヒモになれますか？」

突然の人生相談。

「お前はヒモになっているよりも働かせた方がいい。有能な人材を我は無為にしたくはない」

「へぇ～」

……うん。うん？

ミカエルはばっと隣を見る。隣にいた軍人がフードを外すと、そこからきりりと結い上げた蜂蜜色の髪がこぼれた――。

うわっ、まぶし。フード取っただけで眩《まぶ》しい、もはや魔導ＬＥＤ。超まぶしい。この人の放つ光で町一つ魔導太陽光発電できそう。

うつくしい唇、燃えるような瞳。

「いや、待って。なんで？？？？　ちょっと待って、王様に許可とった？？？？？？？」

軍服を身に纏ったヴィクトリア・ウィナー・オーストウェン王妃は傲岸不遜《ごうがんふそん》に顎を上げる。

天才術士、普通に慌てた。

「取っておらぬが」

「だめじゃんか！　今すぐ王宮に戻ってってってば」

「とても気になる噂《うわさ》を聞いたのでな。我が直々に調査したいのだ」

「噂より今この状況が気になりすぎるでしょなんで王妃様が無断で城を出てきてるわけぇ⁉　御者さぁん、お城戻って～！」

ミカエルは普通に御者に声をかけたが、野太い声がそれに応えた。

「いやあ、それが……無理でして」

「はい？」

ミカエルはぱちりと目を瞬かせる。振り向いた御者の顔を見て彼は普通に驚いた。ムキムキマッチョマン、こいつの顔知ってるぞ！

「あれ⁉　きみさあ、数ヵ月前に捕まった盗賊一味の……えーっとだれだっけ」

「元・焼肉定食のジョージと申しまっす！　今では姐《あね》さん専属の御者として働く所存！」

彼は腕をまくり上げて焼肉定食の刺青を見せてくれた。

いやダッサ。

「うむ。よい、存分に働くがいい。このままティル・ノーグへと向かえ」

「へい姐さん！」

「いや待って王妃ちゃん⁉　オレが怒られるでしょ⁉　この件の責任者はオレ‼」

「構わん、やれ焼肉定食」

「へい姐さん！　元焼肉定食のジョージ、走りまっす‼」

馬車は土煙を上げて夜の街道を爆進していく。

宮廷術士のあわれな悲鳴だけが夜の街道へ響きわたった。

天才イケメン術士、完全に巻き込まれ事故である。

合掌。

ティル・ノーグの市についたのは夜明け前のことだった。ミカエルの宮廷術士の制服と、ヴィクトリアの王室付き兵士の制服が功を奏して、領地を越える際の検問に引っかかることはなかった。王室付きの制服はこういう時に便利である。

まあ、中身は兵士ではなくてこの王国が誇る王妃様のわけだけども。

その王妃、今は座席で豪快に寝ていた。俯《うつむ》きもせず、仰向けで座席に身を預けて爆睡である。超豪快。

寝ている王妃と、ミカエルと御者の焼肉定食を乗せて、馬車は市場へと到着した。

ミカエルは窓から顔をだし、様子を窺《うかが》う。夜明け前の草原は静かだった。

「夜明け前だと、流石に市場も寝静まってるねえ……」

「そのようっすねえ……本格的に市場が活気を取り戻すには、あと数時間かかりそうな見込みでっす。前方に見えるのがティル・ノーグ市場の本体です、独自の国家や地方独特の染めのテントが連なる様は有名っす！　ちなみに四本角の鹿の足焼きがおいしくてイイんすよ、是非食べてみてくださいね！」

観光ガイドか？

「焼肉定食クン詳しいね……」

「ジョージっす！　この市場のことは向こう百年間分ぐらいばっちり調べたっす！」

最早研究者じゃん。


さて。

この市、ティル・ノーグは、魔国との境目の平原にて定期開催されている移動市場だ。年に四回程度開催され、そのたびに王国から、そして様々な地方から多くの商人が集まる。南の海の方、外国からやってくる商人もいる。

普段はだだっぴろいだけで何もない草原に、季節ごとに鮮やかなテントが立ち並ぶ様は、ちょっとした名物にもなっている。

馬車の中から、ミカエルは遠目に市場を見やった。

「今回は仕事だけど、デートでも来たいよね～。ドレスの店とかあったら買うのに」

「焼肉の店はないっすかねえ～」

焼肉大好きマッチョマン。

ちょっと夜明けのこの時間に言われるとお腹が減る。

市場は今は人がほとんどおらず、店頭で準備をしている人間などが目立っていた。

服装は商人らしい旅慣れたものもいるが、女性は呼び込みのためか髪に花を飾ったり、美しい織物の帯を締めたりと華やかだ。

かわいい子が多い。やっほう。

「美人いっぱいだし派手でいいなあ～。ナンパしたいね～！　ねっ、王妃ちゃん？」

王妃にそんな話題を振るな。

さっきから黙ってなにかをごそごそしていたヴィクトリアは、適当な調子で雑談に応じた。

「うん？　我の男の方が美しく可愛いが？」

「唐突に王様の自慢するじゃん」

雑な調子でのろけていくスタイル。

夜明けを迎えようとする市場は、朝の光にうっすらと照らされ始めて鮮やかに美しい。赤、青、オレンジ等で染められたそれぞれの店舗の色味が朝日に映える。各店舗が雇った衛兵らしき男たちも市場の周りを巡回している。

まあ巡回してるのムッキムキの亜人とか獣人がめちゃ多いけども。

ただ、あちこちで朝から売っている骨付き肉をご機嫌で食べていたり、甘い林檎《りんご》飴《あめ》を嬉《うれ》しそうにかじっていたりするので威厳は半減である。ちょっとかわいい。

ミカエルはちょっと気が抜けてへらっと笑った。

「ふー。まあ、いきなり亜人族とかに殴られそうにないし安心～！　マリアに土産でも買って帰ろうかな～？　あと、ジュリエットちゃんとかメアリーちゃんとかプリシラちゃんとかナンシーちゃんにも……」

「ミカエルさん、それ全部身内っすか？」

「違うよ～！　ガールフレンド！」

ガールフレンド多すぎ問題である。刺されそう。

しかし腕に焼肉定食のマッチョマンは素直でアホだったので、素直にそれに感心した。

「おモテになるんすねえ！　すごいっすねえ！」

「でっしょ～！」

男が男同士で盛り上がっている間に、ヴィクトリアは足元から巨大なトランクを取り出していた。

「おい、お前たち」

「あ、はい、姐さん！」

「うん、なーに？」

金髪の麗しい王妃は、トランクを開く。中に詰め込まれていたのは、

――布だった。

「市場に溶け込める衣服を配下に言って用意させた。我らが普通に市場をうろつけば目立ちすぎるであろう？」

肩に焼肉定食の刺青したマッチョマンと美形術士となんか唐突に発光したりしなかったりする王

妃。たしかに目立ちすぎる。めちゃ目立つ。ちょっと関わりたくない。

　ミカエルは少し考えてから感慨深そうに言った。

「王妃ちゃん一応目立たないようにしようって意識あったんだね……」

「我をなんだと思っておるのだ？」

　覇王だけども。


「ねえ聞いた？　砂漠からきたイケメンさんの噂！」

「聞いたわ！　石油王様、うちの店でも何か買ってくれないかしら～！」

「買ってくれないかしら、ってあの方まだなにも買われていないって話でしょ！　それはもう質の良いものしか買わないのですって！」

「えぇ～！　流石、石油王様はお目が高いわねえ」

「石油王様だものね～！　お嫁さんになりた～い！」

「………………」

　漏れ聞こえてきた売り子の女の子たちの話を聞いたミカエルは頭を抱えた。

「王妃ちゃん……」

「石油王と呼べ」

応えたヴィクトリアの格好は、まるで砂漠から来た少年であった。

ターバンを巻いて金色の髪をほぼ隠し、ふんわりと広がって裾を締めた白いズボンと先の丸まった靴にも金細工がついていて美しい。

ターバンの下にはさりげなく豪奢《ごうしゃ》な宝石細工、少し動いてその輝きが見えれば、その宝石の価値がとんでもなく高いことに気がつける。

つまり全身が金がなる木である。ぎらぎらしすぎて追い剝ぎすらちょっと敬遠しそうな金持ちオーラ、すごい。

超目立ちすぎる。今回の話って潜入任務じゃなかったっけ。

「あのさあ王妃ちゃん！　目立ちすぎでしょこれ！　なんで変装したのにすごい目立ってんの⁉」

「うるさいぞ。今は石油王ナンデ・モ・カエールだと言っているだろうが」

王妃、ネーミングセンスが最悪すぎる。

「あのさナンデ様！！　なんでこんな設定にしたんだよナンデ⁉」

「知らぬ。衣服を用意した者が、この変装ならば絶対に王妃だとバレぬので絶対石油王にしろと言ってきたのだ」

「それ誰の差し金？」

「先代王の公式愛妾《あいしょう》だが」

男装王妃様ファンクラブの人じゃん。

ミカエル、ここへ来てツッコミの才能が開花しそうであった。

「とにかくさあ！　こんなに目立ちまくったら何もできなくない⁉」

「いやそうでもない」

王妃は立ち上がり、颯爽《さっそう》と花を売っているテントへと歩いていった。後ろ姿からしてめっちゃ石油王なので人目をものすごく集める。砂漠の兵士風の格好をした焼肉定食もといジョージは、何となく同伴しながらももじもじして居心地悪そうだ。

店頭で花売りをしている娘に、王妃は尊大に偉そうに声をかけた。

「おい、娘」

「はい？　……あら！　噂の石油王様……！　石油王様じゃない！　お声かけてくださるなんて嬉しいわ！　運命⁉　宿命⁉　玉の輿《こし》⁉」

一瞬で飛躍する乙女の妄想力すごい。

ヴィクトリアは歩み寄ると、少女に向かって微笑みかける。今は体中にじゃらじゃらにつけたアクセサリーの効果も相まってなんかもう色々オーラがすごかった。

黄金のオーラ物理であった。

「娘、この市場で珍しい生き物を売っている店はないか？」

「え、あら、わたしを貰《もら》いにいらしたのではなかったの？」

違う。

「まあいいわ、珍しい生き物ねえ、例えば？」

娘はちょっと首を傾ける。客ではない相手の質問に応じてくれる辺り、石油王ナンデ・モ・カエールがめっちゃ魅力的だったのだろう。名前最悪だけど。

「なんでもいい。一角獣《ユニコーン》、羽根馬《ペガサス》、宝箱に詰まった生き物。そうだな、魔国に生きるような珍しい生き物であれば尚いい」

「うーん、石油王様のお好みに合うもの、わたしにはあんまり思いつかないのだけど……」

花売りの娘はちょっと首を傾けた後で、遠くの方に見える巨大な青と黒の縞《しま》のテントを指差した。

「あそこのテントでは、ちょっと珍しい生き物が見られるって噂よ？　サーカスを兼ねてて生き物を売ることもあるみたい、本当かどうか知らないけど……」

「ほう？」

石油王……もとい、ヴィクトリアは興味深そうに唸《うな》る。

なんだろう、やっぱり悪魔猫とかがいるのかな。とミカエルは思った。

娘はあっさり言う。

「マンティコアとか、ケルベロスとかが見られるらしいわよ！　すごいわよね！」

想像の遥《はる》か上をしれっと飛び越えるな。

「あのさ王妃ちゃん」

「ナンデ・モ・カエールだと言っているだろうが」

見た目はさながら美少年なのに名前がクッソださい。

王妃ヴィクトリアと焼肉定食とミカエルはサーカスの中でめっちゃいい席に座っていた。席順で言うならＳＳＲである。プレミアムシート。あきらかにめちゃくちゃすごい客人が座るところ。

綱渡りから火の輪くぐりまで何でもすごいよく見えそう！

人々がざわざわと騒《ざわ》めき、皆が薄暗いテントの中でサーカスの始まりを待っている。不思議な高揚感がある。

　そんな中でミカエルはひそひそと声を潜めて言った。

「ところでナンデ様さあ、名前の通り一番高い席をあっさり買ってるけど。その金どこから持ってきたの？　国庫？」

「手持ちのガラクタと宝石を売り払って金にしたまでだ」

　宝石はわかるけども。

「ガラクタ？」

「イミテーションのアクセサリーやリアル半魚人ぬいぐるみやらをだな」

「ナニソレ」

「生足美脚度五〇％アップだそうだ、高く売れた」

最早フリマでは。

この王妃、黄金市と名高いティル・ノーグの市をフリマとして活用してる。

その隣では焼肉定食のジョージが目をきらめかせながら舞台の開幕を待っていた。子供の純真無《む》垢《く》さのムッキムキマッチョマン。なんでお前盗賊とかやってたの？

『ご来場の皆様にお願いいたします。今宵の公演につきましては、なるべく大きな音をたてず、話し声はお静かに、食べ物やおやつは魔獣を刺激する可能性がございますので、なるべく少量でお願いいたします――』

「まだっすかねえ！　楽しみっすねえ！　バナナはおやつに入るんすかね？」

それは永遠の難題だ。

暫く待っていると、舞台の中央に座長と思わしき男が進み出てきて一礼した。降り注ぐ紙吹雪、あざやかな花吹雪。

「レディースアンドジェントルマン！　今宵は我らサーカス団、シルク・ドゥ・マギアへようこそ！　美しき妖精の空中ブランコから、魔獣が行う火の輪潜りまでどうぞお楽しみください！」

朗々としたよく通る声に続けて、舞台に踊り子や檻《おり》が進み出てくる。巨大な二つの檻に感嘆の声が上がった。

銀色の檻の中には……首が三つある犬！　そして、もう片方の金色の檻の中には頭は獅子《しし》だが、尾はヒュドラの頭の明らかな合成生物。

大当たり、とミカエルは呟《つぶや》く。あの花屋の女の子、ちゃんと商人らしく情報通だったってわけだ。

魔獣は今は鎖に繋《つな》がれているようだが、相当巨大だ。暴れたらひとたまりもなさそうだし、人を食い散らかすスプラッタの主役ができそうな迫力。

「……あれ逃げたらどうなると思う？　ねえ焼肉定食クン」

「当たり前に死にまっす！」

歯に衣を着せろ。

「でもまあ、あれだけ厳重ですしそんなこと起こらないっすよぉ……起こるわけがないっすよ、安心っすよ」

「あっ、やめてフラグ建てていくのやめて！　そういうのよくない！　オレよくないと思う！」

「ミカエル、騒ぐな。逃げてもお前が片手で捻《ひね》ればよかろう」

「あのね、無敵の王妃ちゃんと一緒にしないでね、オレ普通にそれやったら死ぬんで～！」

まあ大丈夫ですって、と言いながらジョージが懐からバナナを取り出して食べ始める。そのバナナどこに持ってたの。

ものすごく瑞々《みずみず》しい感じのバナナだった。綺麗な黄色で、いい感じに熟している。時凍結の魔術がかけられていたようで、もぎたて新鮮フルーティだ。ジョージが皮を剝くと、豊潤な白い身から甘い香りがふわっと漂う。あまりにおいしそう過ぎて周りの観客がちょっとその香りにざわざわするぐらいにはいい香りがした。

濃厚こってりあまぁいバナナ臭。

「なんか……めちゃ美味しそうなバナナ食おうとしてない……？」

「あっ、これが唯一使える魔法なんすよ！　時凍結で鮮度を保って、いつでもおいしいものが食べれるっす！　お二人も食べますか？」

焼肉定食（焼肉定食とは言ってない）（バナナ）ってことだろうか。

もうこれわけわかんないな。

ジョージが懐を叩《たた》くとバナナが三本に増えた。何本ストックしてるんだ。そういえばそんな歌もあったね。

その瞬間だった。

おいしくバナナを頬張っているジョージと、ミカエルと、石油王の頭にキィンと声が響くと同時に、唸り声も響いた。

『バナナ……ヨコセ……』

『ハラ……ヘッタ……』

『バナナ、クウ……』

檻の中でいきなりマンティコアの方が暴れ出して、踊り子や猛獣使いが目を剝いた。檻の扉はもう火の輪くぐりのために半分開かれていて、いつでも飛び出せる——危ない！

がしゃーん、と檻の扉が砕け散った。大惨事である。周りの観客が悲鳴を上げる。隣の檻の中の

ケルベロスもびっくりして固まっている。マンティコアはバナナ目指して一直線だ、そんなに美味しそうだったか⁉

『バナナクウ！！！』

マンティコア　が　おそってきた！　リアルタイムエンカウント！　マンティコアは暴れ狂いながらこちらに向かって走ってくる、ケルベロスの檻を慌ててしめようとしていた職員が吹っ飛ばされる。

あっという間にその場に二匹の猛獣たちの唸り声が響き渡った。ところで、こんな血に飢えたみたいな魔獣がバナナ好きとかそんな話ある？　お前マンティコアを名乗ってるけどどこかでゴリラの血が混ざってない？

阿鼻叫喚《あびきょうかん》のサーカスの中、バナナが空中を飛び交う。マンティコアの口に飛び込む。咀嚼《そしゃく》するマンティコア、飛び散るバナナの皮、泣き叫ぶ観客、おやつを奪われて怒りまくる焼肉定食！

「おあ、お、お、俺のバナナが――⁉　俺のバナナ、給料で朝一に買って楽しみに持ってきたおやつのバナナが……！」

『バナナ……ウマイ……モットクウ……』

「それが肥満の元なんすよ！　もうだめっす！！！！」

『クウ……』

「だめ！！！！」

焼肉定食、案外大物かもしれない。

バナナを食べてちょっとおとなしくなったマンティコアに、鼻先で服をぐりぐりされて更にバナナをカツアゲされる焼肉定食。かわいそう。

止めに入ろうにもどうしたらいいかわからないミカエル、何故かヴィクトリアを見つめるケルベロス。

檻から出てきたケルベロスは、バナナに狂喜乱舞するマンティコアと違って落ち着いたものであった。

ただ、目の前に立つ華奢《きゃしゃ》な女を見る。まあその女実のところ覇王なんですけど。

「王妃ちゃん、逃げて！」

バナナに夢中のマンティコアと違って、ケルベロスは血に飢えた唸り声を響かせている。足に嵌《はま》った足輪がまだ壊れていないとはいえ、一口でぱくんと食べられてしまいそうな距離だ。

ヴィクトリアは逃げない。ケルベロスと向かい合い、ほかの観客が逃げ惑う中、ただ立ち尽くしている。鼻先が彼女の顔に寄せられても、大きな口が開けられても、逃げない、ただそこに立ち竦んでいる――……。

もしかして、逃げられないのか、とミカエルは思った。

あの王妃ちゃんだって一応十九歳の女の子だ。十九歳の女の子らしい所があってもおかしくない。あんな化け物がいきなり間近に迫ってきたらそりゃ怖いに決まってる、だって彼女はまだおとなにだってなれてない年齢なんだ。だったら俺が……助け……

「実に愛《う》い」

うん？

「おかわりせよ」

美しい王妃は楽しげに言う。

十九歳のただの女の子とか思った方がバカだったな。

ケルベロスはおかわりしない。当たり前である。

「お手」

ケルベロスは唸っている。当たり前である。

「うむ、犬への指示の出し方がおかしかったか？」

彼女が首を傾けた、その時だった。

逃げようとふらついた観客の一人が、ケルベロスと彼女の間を、通ってしまった。ぼろぼろの灰色の外套《がいとう》。めっちゃ疲れ切った顔と、この辺りでは珍しい片眼鏡。あきらかになんか、日々の商売とか仕事に疲れてサーカスに来ましたみたいな人だ。今日のサーカスのためにお金貯めてチケット買いました！　みたいな人だ。

とても体力がなさそうだ……。

それに向かって、ケルベロスが牙を剝いた。

あっ、おいしそうな骨つき肉が歩いてる！　みたいな顔していた。

あまりに体力なさそうな男が逃げ切れるわけもない。

「危ない……！」

ミカエルが防護の魔術で彼を守り、強引に引っ張って床に転がった、その時だった。

「伏せ」

魔導ＬＥＤみたいな輝きがテントの中をいっぱいに照らした。次の瞬間ケルベロスの頭がずどーん！　と落ちてきて朦々《もうもう》と土煙が上がった。

石油王のなりをしたままの王妃が、ケルベロスの頭の上に立っていた。

伏せ（物理）である。跳躍して上からその頭を踏んづけたのだ。溢《あふ》れ出るオーラで後光がすごい。物理的に光が見えそう、いやもう見えてる。

「うむ、やはり犬にはしつけが必要か。このような乱暴な手段はよくないとはいうが」

そういう問題ではない。

ケルベロスは当然のことながら怒り狂ってヴィクトリアに噛みつこうとした。御馳走《ごちそう》を食べようとしたらいきなり頭を踏んづけられたのである、そりゃ怒る。

「おおすまぬ、腹が減っておったのだな。バナナでも食え」

落ちていたバナナを食べさせられたケルベロスは普通に混乱したが食べた。食べるのかよ。

その後頭を撫《な》でられたのでケルベロスはバナナを咀嚼しながら唸った。バナナおいしい。撫でられるのは気持ちいい。でも普通になんか腹立つ。

　普通の犬みたいに頭をわしゃわしゃされ、なでなでされ、愛情いっぱいあやされる。顎の下とか首とか、ちょっと凝ってしまうところをめちゃなでなでされて気持ちいい……。

　いやなんで？？？？？

　がばっ、と口を開けて女を食べようとしたら、片手でひょいと顎を閉じられなくされた。ケルベロスがぐぐ……と口を閉じようとしても女の細腕でがしっと止められていて無理。つっよい。

「我を食いたいか、だが我を食わせてやるわけにはいかぬ。その代わりに撫でてやろう、そなたは愛い。もっと愛い顔をするがよい」

　顎の下をなでなでされ、首をなでなでされ、なんかもういっぱいなでなでされてケルベロスは不覚にもうっとりしてしまった。

（生まれてこの方こんなに撫でられたことはない……！！！）

　心情表現するならこんな感じ。

　ケルベロスは生まれてから、それはもう孤独であった。生まれた時から三頭犬、普通の犬として可愛がられるはずもない。突然変異として恐れられ、捨てられてサーカスに拾われた。なまじっか知性があっただけに、愛情によるしつけよりも痛みと経験によるしつけをサーカス団では施されて、ここまで大きくなった。

　同期だったマンティコアはなんかもう食うことが大好きだったので、ケルベロスとは馬が合わなかった。猛獣同士だけど。

だから、こんな風になでなでされた経験はなかった。

（なんだ、この、感覚は――……！！！）

心情表現するならこんな感じ（二回目）。

ケルベロスをなでなでと撫でながらヴィクトリアは目を細めた。いつもの覇王オーラもちょっとばかし薄れ気味で、どっちかというと木漏れ日っぽい感じの温かな光を放っているようだった。

光の強弱を調整できる王妃様である。器用。

「そなたは魔獣である前に一頭の犬だ、犬は強く誇り高く生きると同時に、愛されるべき生き物だ。尊ばれ、人の近くにあるならば人に、犬のそばならば犬に愛されて生きるべきだったのだ。我はそなたの人生に一時関わっただけの部外者に過ぎぬ、過ぎぬが――……一時の安らぎを与える程度ならばできようぞ、存分に味わえ」

ケルベロスは目の前の石油王……ではなくて女のオーラに当てられて、おとなしく撫でられ続けてしまった。

あっ、なんか段々気持ち良くなってくる……顎の下とか首とかいい感じになでなでされる、くそっ、別に気持ち良くなんてないぞ、即オチなんてしないんだからね……！

ケルベロス、メスだったし変なところで女騎士気質であった。

くそっ……こんな、なでなでなんかに、負けない……ッ！！！

十分ぐらいで完堕ちした。

マンティコアが焼肉定食の体から出てくる食料を食い尽くして満足して床をごろつき、ケルベロスがヴィクトリアにうっとりと撫でられているところに漸《ようや》く警備隊が来て、騒ぎは一段落した。

「いやー、大変な目に遭ったね」

そう言ったミカエルが近づいてきて、ヴィクトリアの隣に並ぶ。護衛術士としての仕事は殆《ほとん》どできなかったが、そのかわり民間人を守れたのでよしとしよう。ミカエルは大きく伸びをして、騒ぎの後のサーカスを見回した。そういえば何か忘れてるような……なんか一件落着みたいな雰囲気だけども、もっと別のことを自分たちはしにきたような……。

その時、彼の体からはらりと何かが落ちた。黒い封筒だ。赤い蝋《ろう》で口が閉じてある。

ヴィクトリアが微かに眉をひそめてそれを拾い上げた。

「……オークションへの招待状……？」

三人は沈黙した。

そういえば、魔国との密輸を探りにきたんじゃん、サーカスのせいですっかり忘れていた。

どうやら、大当たりを引き当てたらしかった。

『オークションへの招待状
今宵、月が中天に差し掛かる頃、お客人の皆々様におかれましてはシルク・ドゥ・マギアのテントにお集まりくださいますよう、宜しく御願い申し上げます』

「……どう考えても怪しくない？」

ミカエルが顔をしかめて言ったが、焼肉定食バナナと、ヴィクトリアは意に介さなかった。

「何を言う。折角中核に飛び込む機会だ、好機をふいにするほど愚かしい事はない。王宮の親衛隊に連絡もつけた、数時間あればこちらへ着くだろう。箒《ほうき》も新調した事だしな」

「何かあったらマンティコアは俺のバナナでなんとかしまっす！」

「えー、あー……そうね、お前のバナナすごいもんね……」

すごいバナナを持った焼肉定食のジョージ、誇らしげに頷《うなず》いて見せた。さっきの二十分ぐらいですっかりマンティコアになつかれたらしい。主に餌係っていう意味だろうけども。

「ケルベロスは分からぬが、十分ほど時間があれば籠絡《ろうらく》してみせよう」

「王妃ちゃんのあのなでなでテクニックはなんなの？」

「フレデリックにするように撫でているだけだが？」

王様、まさかの犬扱い。

「フレデリックはな、ああして優しい手つきで撫でると心地好さそうに微睡《まどろ》むのだ。実に愛い」

「王妃ちゃんは本当に王様好きだよねえ」

「好きだが？」

「今のはからかいの意を込めてたんだけど⁉」

全然照れないのでからかい甲斐《がい》がない。

「オレも、術士としてなんか仕事ができりゃいいんだけどね～」

「そなたはそこにいるだけでよい。お前がいるというだけで、我は守られていると感じる。それだけで仕事を果たしているともいえよう、戦うばかりが護衛の仕事ではないだろう？」

ヴィクトリアに言われて、ミカエルは一つ瞬いた。

「その場に止《とど》まり、『この対象を守っている』と周りに見せる事も仕事の一部だ。故に、お前はきちんと役目を果たしているとも」

「いやあ、そうかなあ……？」

王妃の美しい流し目に術士は軽率にときめいた。トゥンク。

「だがまあ、オークション会場に乗り込んだ際にはきっちりと戦ってもらうぞ」

「ですよね～」

ミカエルは軽く心の中で気を引き締める。さっきはバナナやら超絶テクニックなでなでやらで何とかなったが、オークション会場では何が起こるか分からないのだ。

もしかしたらもっと派手に戦闘が起こるかもしれないし、何か危ない事が起こるかもしれない。

その時こそが、自分の出番だ。

「I・KI・MO・NOが好きか――――⁉　エビバデセイッ‼」

「DA・I・SU・KI――‼」

「………………」

　ナニコレ。

　時間になってオークション会場に踏み込んだら、ディスコクラブみたいになってた時の気持ちを百文字で述べよ。

「これ……なに？」

「我に聞くな。だが、楽しげでこれはこれでよい」

「王妃ちゃん女帝みたいな度量でなんでも許すのやめような！」

　なんか音楽がデケデケしてる。ドラムとベースがゴウンゴウンドゥンドゥンしてる。カラフルライトがあっちこっちで振られてて、天井にはミラーボール。

　中央には大きなステージがあって、楽器を弾いてる人たちが全力で叫んでいる。周りには動物の檻が多くあるが、中にいるうさぎが跳ねて飛んだり、トビネコ（魔国の猫だ、密輸品！）がにゃーと声を上げるたびに会場が熱狂する。

「ぎゃ――‼　魔国の猫ちゃんカワイイ――‼」

「うおお――‼　ツノの生えた魔国産のウサギは最高だ――――‼」

「馬鹿野郎ネコチャンの方が最高だろうが！」

「三頭犬が一番可愛いに決まってんだろ！」

「なんだとやるか⁉」

「ああ⁉」

場外乱闘が始まった。ガチの殴り合いである。

えーと……なに？

超熱狂的な生き物大好きクラブ？

「……えっ、えー……いやなに？　これ？」

天才術士ミカエルは、見たこともないものに目を回しそうになった。案外世間知らず。

純真無垢な盗賊ジョージは物珍しそうにきょろきょろしている。

石油王コスプレのヴィクトリアは我関せずで面白そうに天井を見上げた。ミラーボールがぎらぎらして、光を振りまいている。

「あれはいいな。我の部屋に飾ろう」

「いややめようね王妃ちゃん」

「ではフレデリックの部屋に飾るか？」

王様の部屋がディスコになっちゃう。

三人がすっかり物見遊山な気分で、なんかサイケデリックなよくわからない空間に呑《の》まれていた、その時だった。

不意に、声をかけられた。

「おや、あなた方は噂の石油王様一行。このオークションに来られるとは随分と、通ですなあ」

声をかけてきた人の良さそうな老紳士は、アロハシャツに半ズボンで手にしゅわしゅわするドリンクを持っていた。ハイカラですね。

「招待状をいただいたんっすよ！　えっと、それでこのオークションは一体？」

「おやご存知ない。それはそれは、珍しいお客人ですなあ……。ここは魔国からやってきた珍しい生き物を買える場所でして。こうして、多くの生き物愛好家が集っておるのです。わしも今夜は、老後を一緒に過ごすマンティコアなどを買い求めたく足を運んできた次第で」

老後をマンティコアと過ごしたいってすごい性癖だな。

とミカエルは思ったが、天才なので黙っていた。天才なので空気は読める。

「まあ、ここにはそういった、魔国の生き物を愛する者が多くいるのです。いやあ、あの国の生き物はいい！　知能が高く、賢く、手がかからず、トイレもちゃんと覚えるし壁をガリガリもしないしソファを高級な爪とぎ器にすることもしない……」

さてはこのおじいさん一般の猫に恨みがある人種だな。

王妃一行は黙ってオークションの成り行きを見守ったが、ケルベロスとマンティコアが出てきた時点で周りの熱狂は最高潮に達した。

もうめちゃくちゃ音楽がデケデケしているし、ミラーボールはぐるぐる回るし、周りの人はみんなダンスしまくっている。

　生き物大好きクラブ、字面だけ見ると超穏健派なのに。

「ＩＫＩＭＯＮＯが好きか――‼」

「ＤＡＩＳＵＫＩ――――‼」

「今夜のオレらが特に好きなのは――‼」

「ＺＩ・ＧＯ・ＫＵの番犬――‼」

　地獄の番犬、アイドルユニットでありそう。

　檻の外から司会者がぐるぐる回りながらマンティコアとケルベロスの魅力を実況する。いっぱい食べるとか。歯がキュートだとか。ぐるぐる唸る声が可愛いとか。三つに分かれた頭は最高にクールだとか。尻尾がヒュドラなので頭と尻尾両方に甘嚙みされるシチュエーションが楽しめるとか。

　最後の普通に死ぬじゃんか。

「さーて、しかし落札前に今宵は！　ゲストをお迎えしております！　マンティコアを餌付けしたミスターと、ケルベロスを手懐けたＳＥＫＩＹＵＯＵ――――！！！！」

　なんかの優勝者みたいな呼ばれ方してる。

　呼ばれた焼肉定食のジョージはちょっと固まったし、ミカエルは予想外の事態に頭を抱えかけた。なんでどこでもかしこでも目立ちまくるんだよこの王妃様は！！！　黒子の服着せたい！！！！

　二人は周りの人間により無理矢理舞台に押し上げられる。

声拡張の魔術を纏った棒を向けられる。簡単に言えばマイクである。

メガネを光らせた司会者が嬉々《きき》とした様子で二人に問いかける。

テンションたっかいな。

「ケルベロスを撫でてみていかがでしたか？　毛皮の手触りは？　気性は荒いですが、知性を感じませんでしたか？　石油王様はお見受けするにまだお若いようですが、少年心をくすぐられませんか？」

なるほどレビューがほしいと。しかもめっちゃ誘導尋問。

空はまだ暗い。

王妃は暫く黙っていたが、不意打ちでターバンを、解いた。

蜂蜜色の髪が、あざやかな滝のようにこぼれ落ちた。少年だと思っていた周りの人間は息を呑んでそれを見つめた。

王妃は黄金の獣のような目で周りを睥睨《へいげい》する。

「なるほど、確かに素晴らしい生き物ばかりだ」

周りの人間は、ターバンを取った意図を測りかねて沈黙した。

しかし、石油王だと思っていた男がそれはもう美しい女だったことを目の当たりにして、数人が、あっ、と声を上げた。

「あれ、王妃様じゃね……？」

「王妃様だ……！　どうしてここに……！」

「ま、まさか、このオークションを罰するためにいらしたんじゃ……!?」

「そんな、もふもふは、ペットは私たちの心の癒しなのに……！」

誰かが、そんな中で叫んだ。

「しっ、司会者！　ケルベロスでもマンティコアでもけしかけちまえ！　その石油王、王族だ！　気絶させた後で忘却呪文あたりで記憶をどうにかしねえと、オレたち捕まる……！」

「えっ」

命が惜しければやめとけ、とミカエルは思ったし、焼肉定食も思ったし、結婚式の時のパレードで王妃のことをよく知っている人たちも多分そう思った。

「そこな男」

「はあ!?」

商人に向かって声がかけられる。

舞台の上のヴィクトリアは真摯な顔をして男を見た。

「そなた、生き物は好きか？」

「ＤＡＩＳＵＫＩ——!!」

ノリいいな。

「じゃなくって、好きに決まってんだろうが！　そうじゃなきゃこんなところにいるか！」

「ほう。では魔国の生き物の寿命を知っているか」

「……やつらは寿命が長いっていいたいのか」

「そうだ。そなたが死んだ後、飼っていた生き物はどうなる。我が王国に解き放たれ、王国の生態系を変える可能性すらある。故に我が国では、輸入を禁じている。それは、わかるか？」

「…………」

　商人は沈黙した。それでももふもふが好きだ、生き物が好きだと顔に書いてある。

「必ず家族に後を託せるのならば国で輸入を禁じることもないのだがな。……だがこの言い方では不服であろう、別の言い方をしてやろう」

　ディスコは相変わらずデケデケドンドンしていたが、場の空気は中央に立った王妃のものとなっていた。焼肉定食もちょっとバナナをマンティコアにあげるタイミングを見失っていたし、ミカエルも、もうなんか刺激しないどこ……みたいな空気になっていた。

　天才術士、王妃は止めようが何しようが止まらない性格であることをとっくに学習済みだったのである。賢い。

　王妃は静かに言った。

「いいか。魔国の生き物の寿命は長い。飼えば必ず、お前はその生き物をおいていく。そうすればその生き物はどうなる？　もういない死んだお前の影を探し、帰りを待ちながら、泣きながら、死ぬまで彷徨《さまよ》う事になるだろう！　愛《いつく》しんでくれたお前の幻影だけを見ながら生き物が死ぬのに耐えられるか？」

生き物大好きクラブの何人かが、ウッとなった。今飼おうとしているツノのあるウサギちゃんや猫ちゃんたちが……自分がいなくなった家の中、泣きながらご飯を求めている様。

自分が死んで、布団が敷かれっぱなしのベッドの上で飼い主の香りを求めて、『帰ってこないなあ、いつ帰ってくるかなあ』とか思いながら丸まっている様子とかをもろに思い描いてしまった。

精神的ダメージで死にそう。

「餌を与え、頭をなで、愛しんだのなら世代を超えようと最後まで面倒を見よ！　その覚悟がある者だけが、輸入された魔国の生き物を飼うがいい！！！！　愛を以て最後まで愛した『家族』を守り抜ける覚悟があるものだけがそうするがいい！！！！！」

「は、はい……ッッ！！！！」

「では、魔国の生き物の輸入に当たって、審査を行う」

「えっ？」

次の瞬間、空から数多くの箒が舞い降りてきた。

王妃に呼びつけられた宮廷術士たち、親衛隊たちである。生き物大好きクラブの後ろから、兵士たちが走り込んでくる。

王宮直属、兵士たちの取締部隊であった。

この後、その場にいた人間は全員捕らえられ、取締りを受けた。

その後、よーく家柄の調査をされ、子供がきちんといる、財産がちゃんとあるなどの身分証明を受けられたものだけが、魔国の生き物を飼えるように法律が改正されることになる。

……が、それは少しだけ、先の話である。

ＩＫＩＭＯＮＯ万歳——!!


同じ頃。

テントより遥か離れた遠く、ティル・ノーグ市場周辺の草原。

ぼろぼろの服に、片メガネの男が空を仰いでいた。

ミカエルに守られた、あの男であった。

この国と、魔国との国境線には、ちらちらと雪が降っているのが今も見える。

男は一つ息を吐いた。

そうして、ばさりと黒い、巨大な翼を生やして——何処《いずこ》かへと飛び去っていった。


一連の捜査の流れを終えて城へ戻ったヴィクトリアは、ある事に気がついた。

人が、妙に少ない。出迎えるメイドも少なければ、兵士も少し少ないような気がする。違和感に微かに顔をしかめながらも自室に戻った瞬間、いきなり声を張られた。

「ヴィクトリア！」

フレデリックであった。もう涙目であった。っていうか泣いてる。一国の王様なのに。ほぼ無許可で城を出ていったので相当心配していたらしかった。

豪奢な天蓋つきのベッド、深い紅の天鵞絨《ビロード》のカーテン。その見慣れた部屋に待ち構えていたフレデリックは、思いきりヴィクトリアを抱きしめた。

「無断で出て行かないでくれ、心配するだろう……⁉　しかも数日も戻ってこないし！　ミカエルからは『王妃が石油王になってました』とかいう変な報告しか上がってこないし！　石油王ってなに⁉」

「魔石油《ませきゆ》を売り捌《さば》く豪商の息子という設定だったのだが。名前はナンデ・モ・カエールと言って、豪商の七番目の息子で、婚約者はいないが意中の相手はいる、愛人は七人ほど……」

王妃、案外設定凝り性。

「あっ、細かい設定はいいです」

「そうか………」

残念。

「それより、ああいう書き置きだけして出ていくのはやめてくれ……頼むから」

フレデリックは咳払《せきばら》いをしてから、絞り出すように告げた。

彼は机の上を指し示した。そこにはヴィクトリアが出ていく前に書いた紙が一枚。

超雑なメモが残っていた。ひとことだけさらりと添えられている。

「ちょっと市場に行ってくる、って君は王妃なんだから買い物に行く奥さんみたいな書き置きだけ残して出て行かないでくれるか……⁉」

「すまぬ。『出張だ、今夜は飯はいらない、一人で食べてくれ』の方がよかったか」

「旦那さんみたいな書き置きもしなくていいからね……」

声を上げるフレデリックの体を押しやって、ヴィクトリアは彼の目を見上げる。

フレデリックは下から見上げられて少し落ち着かない気分になった。そういえばこの覇王な王妃様が黙って抱き竦められてくれるのって結構レアだな。

「すまなかった。心配をかけた」

「……うん」

ヴィクトリアらしくない、素直な謝罪だった。

フレデリックはほうと息を吐く。部屋の中、揺れる橙《だいだい》色の灯りに蜂蜜色の髪を反射させて俯く彼女は、いつもの光り輝くオーラとは遠く見えた。ただの、女の子に見えた。

「ところで、あれはないのか」

うん？

「あれって……？」

「ご飯にする？　お風呂にする？　それとも私？　というやつだ」

前言撤回‼　やっぱりヴィクトリアはヴィクトリアであった。

「ないよ‼」

「ないのか。直ぐに用意せよ」

偉そう。超偉そう。蜂蜜色の髪の王妃は胸を張って偉そうに王に向かって命じた。立場的には王妃の方がちょっと下のはずなんだけどな。

「君本当そういうところだぞ⁉」

「用意せよ、お前の役目であろうが。ほら、かわいくひらひらのエプロンをつけて言うがよい」

「どっちかって言わなくてもそれ君の役目だよ……！」

蜂蜜色の髪を輝かせるヴィクトリアは、腕の中で期待の眼差しをこちらに向けてきている。フレデリックは盛大にため息を吐いた。

息を吸って、吐いて。

そっと髪を撫でて、困ったように微笑んだ。

「お帰り、僕のヴィクトリア。ご飯にする？　お風呂にする？　それとも——……」

ドン、と天蓋の柱に片手がついてベッドがみしっと言った。

あれ、このシチュエーション前にもなかったっけ。

揺らめく光の中、美しい髪が揺れている。

「勿論《もちろん》お前だ、我を癒せ」

（かっこいい！！！！　無理！！！！！！！）

「無理？　頑張れ」

心を読むな。

ヴィクトリアはフレデリックに顔を寄せる。

「我からも聞いてやろう。我を愛する事と我に愛される事、どちらが望みだ。叶《かな》えてやろうぞ」

「へ……、……。……どっちも、っていうのは」

「欲張りなやつだ」

ふっと微笑むその顔は、いつものヴィクトリアだ。

彼女はいつだって破天荒で放っておくとどこかへと走っていってしまう。繋ぎ止めることはとても難しくて、いつどこで危ない目に遭っているか心配で仕方がない。

彼女は強い人なのだと、ずっと、婚約者だった時代はそう思っていたけれど。最近は、そうでもない。

フレデリックはそっと手を伸ばして、ヴィクトリアを抱きしめる。その体は細くて華奢だ。どこから大剣を振り回す力が出ているのかわからないくらいには。

彼女は、ただの一人の女の子だ。十九歳の、女の子。

そのことを、忘れないでいた、い――……。

「フレデリック、我を目の前にして何の考え事だ？」

みしっと柱がきしんだ。そういえば壁ドンされてましたね。

「あの、いや、あの、このベッドアンティークだから、ヴィクトリア、もうちょっと優しくしないと壊れ」

「ふむ。優しくが希望か、いいぞ」

「えっあっいやそういう意味じゃ、うわ――!!」

王の話を平気で遮る。超偉そう。

ベッドに二人して沈む。

白いシーツがスローモーションで舞っている。それを背景に微笑む、きらきらした金色のヴィクトリア王妃は美しかった。

そして、やっぱり、まあ、めちゃくちゃ世界一偉そうだった。

国一番の権力者である国王を押し倒す、ヴィクトリア・ウィナー・オーストウェン王妃は、今日もまた世界で一番偉そうである。

七章　世界一偉そうな王妃は黒き奴隷市場を救済する

王宮の廊下に、ひそひそ声が響いていた。

若いメイドが二人頭を寄せ合っている。

「ねえ、知ってる？　最近の城下町の怖い噂《うわさ》」

「ええ、ええ、あれでしょう？　人が知らないうちに町から消える……」

「王宮内でもね、消えちゃった人がいるらしいのよ、それも何人も。数ヵ月前に入った若い番兵も、公式愛妾《あいしょう》様のおつきの女の子も」

「それ、戻ってきた人はいるの？」

「それがね、いないのよ……だから怖い話なんでしょう？」

メイド長ブリジットは曲がり角の向こうでメイドたちが喋《しゃべ》っている言葉を聞いて小さくため息を吐《つ》いた。ずっ、と長いメイド服の裾を揺らして歩み出ると、きゃあと小さな悲鳴が上がる。

鬼の形相の上司が曲がり角から現れたらそりゃびびる。

怖い。

「あんたたち！　ぺちゃくちゃ喋ってる暇があったら掃除しなさい、そんな噂話ばかりしているとあんたたちも消えちゃうわよ！」

「きゃっ……ご、ごめんなさいブリジットさま！」

「申し訳ありませんメイド長！」

若いメイドたちは一目散に逃げ去った。

上司から逃げる逃げ足検定一級。

ブリジットは人の居なくなった廊下を掃除しながら考え込んだ。

王宮内で最近消えている人間が多いのは事実だ。よく調べたが、消えた人間は別に前にいくつかあった事例のように『農地送り』になったわけでもないらしい。

（最初はデルフィーヌ様のアレが多かったのかと思ったんだけどねえ……）

通称農地送り。一部の人間にだけ知れ渡っている、公式愛妾デルフィーヌの人を闇へ葬る手段である。ちなみに葬られた人、一ヵ月後ぐらいにめっちゃ日焼けして健康になって王宮に戻ってくると評判。あとすごい農作物に詳しくなる。

（でもどうやらそうでもないらしいし。……陛下や妃殿下《ひでんか》は認知しておられるのかどうか）

陛下はちょっとこう、おバカで心配性なので周りの配下が『まだ確定していないやばいこと』の情報の一部は隠す傾向がある。

これはたぶん、『まだ確定していないやばいこと』に含まれているのだろう。

だがブリジット・ディーは知っている、人が消えているのは王宮だけではない。城下町でも、ぽろぽろと知っている人の姿が消えているのだ。割と緊急事態。

（昨日町に買い物に出たら結構人がいなくなってたしねえ）

例えば、実家のパン屋の手伝いをしていた青年。街角でいつも花売りをしていた少女。いつも安売りしてくれる野菜商人。夕方に行くとお惣菜《そうざい》が五割引になっている惣菜屋の看板娘。夜に行くと魚が投げ売りされている店の漁師見習い。めっちゃ城下町に割引店がある、万歳。最高。万々歳。

情報源が偏っているのは気にしてはいけない。

とにかく、これはそろそろ陛下に奏上しなければならないだろう。

こんなにどんどんと人が消え続けたら、王宮も、城下町もそのうち回らなくなる。そして誰もいなくなるのは困るのである。仕事的な意味でも。

消えた子たちはどこへ行ってしまったのだろう。心配だけれど、今はそれ以上に切実な問題がある。

目の前に広がる広大な廊下、今日ここ担当だったはずの娘が朝からこない。

「人が消えると城の掃除区域がどんっどん増えるのよ、人攫《さら》いだかなんだか知らないけどあんたが全部掃除して⁉」

ブリジットは猛然と箒《ほうき》を動かして、今日も誰も掃除しない区域をせっせと掃き清めていった。

「妃殿下、いらっしゃいませ」

玄関に現れたフードを被った怪しい人物は、フードを颯爽《さっそう》と取ると金色の髪をふわりと零して笑った。

「今日は小雨でしたのに、我が家までご足労くださるとは……何の御用ですの……？」

「何やら最近、城も城下も静かだ。そう思わぬか？　ミレイユ・ユペール」

そう問いかけられて、ミレイユ・ユペール令嬢はちょっと押し黙った。

ここは、ブランダン宰相の首都における家であった。宰相ともなると各地にハウスを持っている、その中の一つ。豪奢《ごうしゃ》な居間には深い緑の椅子、それに悠々と腰を下ろした妃殿下、向かい合うミレイユ。

とりすました顔をしながらも、ミレイユは考えていた。

くっ、今日はブランダン様との面会ラブラブちゅっちゅ日だったはずなのに。一日会えないだけで一日千秋！　妃殿下邪魔！

「妃殿下、帰ってくださいます……？　わたくし、忙しいので……」

「この王国広しといえど、このヴィクトリア・ウィナー・オーストウェンにそのような口をきけるものは珍しい。ふっ、面白い女だ」

リアルＯＳＯ。おもしろいおんなだ。

本人は意図していない極上の覇王オーラの黄金の微笑み、文句なしにかっこいい。本日もヴィクトリア王妃は相変わらず女帝の極みであった。

しかしミレイユ・ユペールの好みはぷにぷにに年上おやじなのである。ぷにぷにしていて包容力のあるおやじが大好物なのでこの攻撃は無効、ターンエンドだ。

「とにかく、妃殿下……なにゆえ、わたくしのところに……？　本日はわたくし、ブランダンさまとの面会日なのですが」

「そなた、毎日面会日ではないか。監獄の門兵がそなたが朝昼晩深夜通ってくるのでちょっと疲れていたぞ、休ませてやれ」

　朝にはおはようございますとサンドイッチを持ってくるし昼には紅茶とアップルパイを持ってくるし夕方にはディナーを持ってくるし深夜には夜食を持ってくる女がいます、と通報が監獄担当官の上司まであがったとか。

「……ブランダン様にはあのぷにぷにのボディを維持していただかなくてはいけないので……」

「ではこうしよう、そなたが我に協力をすれば、監獄の食事の改善を考える」

「お断りします……わたくしが毎日ブランダン様に美味しい手料理を食べさせればいいので……」

「ところでそなた、猫たちと随分と仲がいいようではないか。体に猫の香りがつくほどに」

　この王妃、人の話を聞いちゃいねえ。

「……そうかもしれませんけれど……それが何か関係が？」

「この家に飼われているのは、大半がトビネコ、魔国由来の猫だな？」

「…………まあ、はい……」

王妃が何の話をしようとしているかまるでわからない。

『協力』と『猫の話』に何の関係があると？

「そなた、町中に情報網を張り巡らせているだろう」

話が突然飛んだ。点と点が繋《つな》がった。

今度こそ、ミレイユ・ユペールは黙り込んだ。

魔力を帯びた猫たちが、主人の動揺を察してにゃーにゃーと声を上げる。すりすりすり寄ってきて宥《なだ》めようとしてくれる。超かわいい。ごろにゃー。

わたくしの使い魔たち、今日も最強にキュート。

「魔国の猫は知能も高い、お前は猫たちとなんらかの意思疎通ができるのだろう、ミレイユ・ユペール」

「……あら。……妃殿下……そんな、わたくしそんなこと……」

「ふむ、なら聞こう。そなた何故、『玄関にフードを被って現れた人物が王妃』であると我がフードを外す前にわかった？」

急に推理物の探偵みたいなことを言い出した。

「フード越しでも王妃様のオーラが見えましたので……」

「今日の我のローブは暗殺対策兼オーラが出ないようにオリハルコン織り込み済みだ」

オリハルコンが万能すぎる。

ミレイユはゆるゆると息を吐く。魔国の猫は頭がいいので、言っていることがある程度わかるし、教え込めば言葉も二百語程度ならば伝えられるようになる。

擬似使い魔として使うには、充分すぎる種族である。膝に飛び乗ってきたトビネコを、ミレイユはそっと撫《な》でた。

目を上げる。彼女はついに肯定した。

「……ええ、ええ。ブランダン様の猫が、表の大通りを歩いていらっしゃる王妃様の事を見つけましたの……。暫《しばら》く王宮でお預かりしていただいていた子でしたが、密輸入の猫を王家に置くわけにもいかず差し戻されたものですわ……。まあ、そのおかげで王妃様のお顔を覚えた様子で……そう、運良く情報が手に入りました……」

静かにおっとりとミレイユは答えた。

ぷにぷに狂い年上大好きのこのご令嬢、普通に喋っていれば普通に穏やかな才女に見えるのでタチが悪い。喋り方はゆるやかで色っぽい、まあ中身はちょっとあれだが。

「……その情報網、かつては宰相のためのものだったのだろうが。我のために活かす気はないか？」

ミレイユは真面目に言った。

「ブランダン様に朝昼夜夜食を持っていきたいので……お断りしても……？」

王妃は唇の端を持ち上げる。

「どうしても拒むというのであれば仕方ない。そなたの宰相の部屋に錬金塔特注のトレーニングマシーンを導入し、毎日健康のためのランニングでも勧めてみるか」

（こ、この外道！）

彼女は笑う。それはもう発光するような、魔導ＬＥＤみたいな微笑みであった。剛毅《ごうき》にして傲岸《ごうがん》不遜《ふそん》、俺様何様王妃様。

いくらミレイユが止めようがやるぞというオーラがばんばんに透けて見えた。

彼女ならやるだろう。宰相の部屋にランニングマシーンを、バランスボールを、ダンベルを導入し、食事を全部脂肪がつかないタイプのものに変えるぐらい普通にやる！

（そ、そうしたら……そうしたら……ミレイユのブランダン様がガチムチガッチガチマッチョに……!?）

「王妃様それだけは……っ!!　お許しを……!!　協力しますから……!!」

「よかろう。よくぞ話を受けてくれた、後からこの家にたっぷりと脂肪の乗ったステーキ肉でも届けさせよう。それを宰相に食べさせてやるがよい」

「あっ、それは嬉《うれ》しい……」

華麗なまでに容赦のない覇王のやり口。

かくしてミレイユ・ユペールは陥落し、魔国の猫たちによるネットワークを用いた捜査が幕を開ける。

同時刻。にゃおーん、と猫の声が響く月の夜。

町外れのとある場所に、大勢の人間が集まっていた。

その中に、ある青年の姿があった。病気の妹と、髪の薄い親父を持った青年……そう、王妃と王の結婚お披露目パレードで銃をぶっ放した青年であった。彼の名前はティーガ・ラグーと言った。

今はホワイト衛兵として働いていたはずだが……。

彼は他の多くの人々と一緒に、じっと何かを待っている。

やがて、遠くから馬車の音が聞こえてくる。人々はざわめく。その馬車に殺到しようとする。まるで芋洗いである。または砂糖菓子に全力で群がるアリ。

ティーガもそれに続こうとすると、後ろから不意打ちでくいと服を引っ張られた。

「危ないと思いますぅ！　あそこに行ったら潰れちゃいますよぅ」

「うるさい、行かせてくれよ！　俺はあの馬車に乗らなきゃいけないんだよ!!」

「だめですよぅ～!!」

緊張感のない娘であった。

ピンクっぽい髪をツインテールにしている、貴族っぽい娘。

ティーガは少女を引っ張って走り出す。

「ちっ、じゃあお前も一緒に来い！」

「えっ⁉」

「ここへ来たってことは、お前だって『そういうこと』なんだろうが！　あの馬車に乗りたいんだろ⁉」

「えっ、さ、サラはぁ……ただ、デルフィーヌさまにぃ……」

「デルフィーヌ？　公式愛妾の？」

「えっ、あっ、はいぃ……」

　貧乏な俺が町外れで出会ったのが王室勤めの貴族のご令嬢だった件。いやでも、今はそんなことどうでもいい。俺はあの馬車に乗りたいんだ。あの馬車に乗って、——魔国へ行きたい。

　サラ・マーニュはわけもわからないまま青年に引っ張られていく。

　馬車の陰に、ばさりと翼を広げた人影が見えた。


「王様〜、王妃ちゃんがさ、ねこねこネットワーク使って城下町捜査してるって」

「なんて？」

　フレデリックはぱちりと目を瞬かせた。

　王の公務室。今いるのは、天才術士ミカエルと、王であるフレデリックの二人だけだ。

「人が消える事件の件だよ。猫軍団引き連れたお嬢さんと一緒に捜査してるみたい」

ミカエルは軽い調子で言った。

ねこ軍団。もふもふしてかわいい響きだ。

「……っていうかさあ、この国の王様のそば付きみんな過保護すぎじゃない？　オレが言うまでなーんも知らなかったっていうし」

「……なんでだろうね。僕が頼りないからかな……でも、だから君が教えてくれたこと、ありがたいと思っているんだ、ありがとう」

「どういたしまして～」

術士はけらけらと笑う。

「ああでも、こうやって王様に一人だけいい顔して寵愛《ちょうあい》を賜《たまわ》ろうって腹かもよ～？」

「いやあの僕、ちょっと男性を愛する趣味はなくて」

「オレは顔が良ければどっちでも～！」

いきなりフラグを立てていくスタイル。

「って、いや馬鹿野郎、陛下、政治的な意味だよ」

「あっ、そうなの、びっくりした」

この王様たまにド天然かましてくる。

さて。

王宮から、城下町から――人が消える。

それは当然王の耳にも入っていたが、王妃が独自のネットワークを使って捜査を始めたのは、ミカエルに教えられて初めて知った。

ヴィクトリアはたまにこうして、自分を一切介さずに勝手に行動をする。もちろん彼女の行動を自分は縛る意図などないけれど、ちょっと寂しくなったりする。

「にしても王妃ちゃん、相変わらずアグレッシブだねえ。黄金に発光するイノシシみたい」

その例えはちょっとどうかと思う。

王妃付きのミカエルは、最初に出会ったときの魅了の魔眼事件以来、王様王様と親しげにしてくれるので情報源としてありがたく情報をもらう仲である。

今回はその情報網がうまく生きた形になった。

誰もがフレデリックの耳には敢えて入れまいとしていたことが、雑談の延長で王の耳にも入ったわけである。

「……イノシシはともかく。猫関連っていうと、ミレイユ嬢かな……？」

「そうそう、元・妾《めかけ》候補のお嬢さんね～。彼女と、彼女の配下の猫軍団と一緒に城下町で動いてるらしいよ」

言い方にちょっと引っかかって、フレデリックはミカエルを見た。

「……らしい、ってどういうことだい？　親衛隊の護衛は？」

「それがさあ、秘密裏に動きたいからってほぼ受け付けてくれなくて。特に派手に魔法ぶちかます術士部隊は、王妃の勅命で全員待機～」

ミカエルの軽い嘆きにフレデリックは大いに動揺した。

この間単独行動で国境線付近まで行っちゃって、やっと戻ってきたと思ったらまた一人で城下町に出ている、心配しかない。

彼女だって一応十九歳の女の子なのに……！

王様、ちょっとまだ現実が見えていなかった。

「そんな……！　ヴィクトリアに何かあったらどうするんだ……!?」

「あのね、王様。どっちかっていうと王妃ちゃん『が』何かされるっていうよりも、王妃ちゃん『に』何かされる人の事を心配した方がいいと思うよ」

石畳の上で転んだら、石畳が砕け散って本人無傷みたいなイメージあるよなあの人。

しかしフレデリックは心配性だったので、気が気じゃない感じでおろおろした。

「……王の権限で一部の隠密部隊を動かす、王妃に陰で貼り付いて護衛させるよ……彼女はね、表向きからの僕の援助はあまり受けてくれないから」

言い方にミカエルは軽く眉を上げる。

「なーに、どうしたの王様。王妃ちゃんには自分なんか必要なーいみたいな言い方しちゃってさ」

「いつだってそうだよ」

王は、珍しく少しだけ沈んだ声で言ってから笑った。

あの人は、僕の助けなんていつだって必要としないし、助けられるのは僕の方ばかりだ。昔からそうだ。小さい頃から。出会った頃から。学生時代もそうだったし、大人になってからもそう。

フレデリックは窓の外を見る。月が綺麗《きれい》で、それはヴィクトリアの髪の蜂蜜色を思い起こさせた。

メランコリーな雰囲気で王様が王妃を思っていた頃、王妃はというとシスター服に身を包んで、バールのような何かを握りしめていた。

シスター服であろうが、その目の黄金の獣のような輝きが抑えられるわけではない。

月夜の王妃、まるで獲物を見つけた肉食獣のようであった。

物騒。

「……案外あっさりと……『人間消失』の場所が割れましたわね……」

傍にはステーキ肉及び、それによって増量するブランダン宰相のお肉に釣られた令嬢ミレイユが同じくシスターに変装して共に闇夜の茂みに隠れていた。こちらはボウガンを背負っている。ご令嬢たるもの、ボウガンの一つぐらい嗜《たしな》みですわ。

彼女は足元によってきた灰色の猫を抱き上げてそっと頬擦りする。

「……使い魔の猫ネットワークによると今夜きている人間は十二人ほどですわね……。『ぶにゃーうにゃー』人数は男女半々、年齢は十代から五十代まで幅広く、服装は全員が『うにゃにゃにゃ』

ちょっとダサめでお金持ちっぽい人はいない。やってくる一人の表通り魚屋さんのマルスさんは毎朝釣りたて小魚をくれるいい人です『うにゃ──』」

その情報はいらなかった。

「しかしそうか。こんな深夜に一つの場所へ十二人が集まってくるのならば、偶然ということはなさそうだ」

王妃は偉そうに頷《うなず》く。

ミレイユの足元には、おおきな猫が撫でて撫でてとばかりに転がっている。もみもみと腹を揉《も》んで猫に手をぺしぺしされる。あぐあぐされる。がじがじされる。しかしミレイユ・ユペールは笑顔のままである、強い。

「ねこちゅわ～ん、ありがとねぇ～、いい子でちゅね～」

声がめっちゃ裏返っている。猫好きにはよくあるやつ。

「ぶにゃ──ん」

それに対して相変わらず魔国産の猫、声がデスボイスであった。

ここは、町外れの教会。猫たちのネットワークの結果、夜になるとこそこそと複数人の人間が街を出ていくことが分かったので、ヴィクトリアとミレイユは様子見に来たのである。変装は保険である。

教会へ向かう人々は人目を忍びはするが、特に猫目は忍ばなかったようだ。

「よくやったわ……あとで、おいしいお魚をあげましょうね……」

うにゃーん。ごろにゃーん。ぶにゃにゃにゃーん。

今の主人たるミレイユに褒められて、猫たちは揃《そろ》って声を上げた。猫たちに、出会った人間と行先の情報を教えるように言ったところ、最初はどうでもいい人物情報ばっかりめっちゃ集まってきたのだが、成果が出たのでよしとする。

『ねこちゅわ～んかわいいねえ～最高にキュート、ソーキュート、俺の女神～』と自作の歌を歌いつつ踊りながら迫ってくる髭面《ひげづら》の大男のことだとか、無言で近寄ってきて腹に顔を埋めてよだれを垂らしつつ猫を吸ってくる女のことなど……

やべえ猫好きが街に大量に隠れ住んでいることが捜査のついでに不本意に分かってしまったけれども――本命の情報が手に入ったのでまあそれはどうでもいいのである。どうでもいいのである。

話を切り替えていこう。

さて、本日教会付近に集った人たちは、皆それなりの服装に見えた。めちゃくちゃ裕福というわけではないが、ちょっとみすぼらしい……程度だろうか。

彼らは、すでに止まっていた大きな馬車へと群がる。その上に――ばさり、と巨大な翼を持った影が降り立った。

魔国の住人。

この王国の人間には決してない特徴を持った背の高い男。フードを深くかぶっていて、顔は見えない。

「おおっ、いらっしゃったぞ……！」

「どうか、我らにお恵みを……！　我らにもっと稼ぎのいいお仕事をくださると聞いて……！」

「割りのいい副業をください……！」

「妻に財布を差し押さえられて女の子と遊べんのです……！」

「夢の国に連れて行ってくだされ……！」

「救世主さま〜……！」

一人ネズミがいっぱいいいそうな国に行きたそうにしてるやつがいる。

何せ、人々は魔国の住人を見て熱狂した。この男が失踪事件になんらかの関与をしていることは間違いない。

というか、話題からしてなんか……割りの良いバイトに人々を誘う詐欺のようである。もうなんか詐欺。雰囲気が詐欺。

茂みの中のミレイユは、あきれ返った。こういうのにあっさり騙《だま》されてしまう人って多分あれだ、ちょっと人生に疲れてる。

「……妃殿下、どうしましょう……？　猫にもぐりこませますか？」

ミレイユがそう言って横を向いた時には、王妃は消えていた。

あれっ。

右見て左見て前を見る。すると黄金の王妃は、しれっと馬車に乗り込もうとする列に並んでいた。

隠密か？　行動が早すぎる。

考えるための脳と動くためのパワーが直結してる感じがすごい。しかし手にはしっかりバールを持っている。こいつ、何かあったら、やる気だ。

ミレイユは仕方なく立ち上がり、茂みから出て行く。

魔国の男が眉を顰《ひそ》めた気配がした。

「……お嬢さん」

「はい……」

「あなた、この教会のシスターですか。ここへ来た目的は？」

「目的……ですか……？」

なんと答えればいいのだろうか。よく考えたら、人が失踪する理由が何もわからない、ここは穏便に……。

「ステーキ肉がほしくて……」

しまったつい本音が。

「肉？」

えーいこうなったらやけっぱちである。

「身内に、いいお肉を食べさせたくてここに来ました……。できるだけ脂肪の多い甘いものやおいしいものを用意できるよう、割りのいい副業をいただくことはできますか……？　ぷにぷにを保持したいので……」

　魔国の人間に対しても性癖をぶちまけていく女。

　翼の生えた男は普通に困惑した。

　うーん、変な奴が釣れてしまった。

「ま、まあ、……稼ぎは勿論《もちろん》百万ゴルドは保証しますが、それ以上はあなたの頑張り次第でしょうね……」

「本当に……⁉」

　ミレイユ、ちょっと釣られかけた。

「ええ、頑張ればなんとでもなります」

　そんな、元気があればなんでもできるみたいな。

「では、わたくしも馬車に……」

　順番に乗り込もうとする。全員が乗り込む、ミレイユも乗り込む。少し遅れてヴィクトリアが乗り込もうとしたところで、男はついと眉を上げた。

「……あなた。ええ、あなた。そちらのシスターのあなた」

　ヴィクトリアは答えない。相変わらずバールのようなものを握って地味に臨戦態勢である。

「我らの馬車に、物欲が目的で乗り込むようには見えませんね。この馬車は魔国のとある場所へ向かいますが、あなたの目的は？」

ミレイユは動揺した。この王妃様、なんと答えるつもりだろう。ここで下手を打てば潜入捜査はゼロからやり直しだ。なんとかじぶんが、ごまかさなくては――……！

「平和と安寧だ」

ヴィクトリアは顎をあげて言い放った。

へ、平和と安寧。

「えっ、あっ、えーと、私たちのご紹介するお仕事でちょっとそれが叶《かな》うかどうかは」

哀れにも魔族は普通におろおろしてしまった。

「よい。我が叶えようと思えば事は叶うのだ、何も言わずに我らを運ぶがよい！　神の御心はいつでも我の上にある」

最後だけシスターっぽい事言ってもな。

魔族の男は、黄金の覇王……じゃないやシスターのオーラに当てられてなんかもうよくわからなくなったので、大人しく御者の席に座った。

馬車に詰められて、人間たちは魔国へと近づいていく。ミレイユはこの構図になんとなく思うところがあって、辺りを見回す。

秘密裏に連れて行かれる人々。その行き先は異国。さっきの人たちの言動から言って、甘い言葉で釣られて連れて行かれようとしている。これって、……奴隷集めなのでは。

わたくしたちは、いや、王国の民たちは、自ら奴隷として魔国に飛び込んでいっているのではないだろうか、悪魔に騙されて。

――漆黒の馬の蹄《ひづめ》の音が、王国と魔国の国境線に向かって残響のように響いた。

話は少し遡る。

魔国との国境線までは馬車、そこから先は……徒歩だった。

散々歩かされて、ティーガ・ラグーはちょっと疲れてきていた。お馴染《なじ》み、王妃に銃弾ぶっ放した後で軍隊に就職してた青年である。

隣には、公式愛妾デルフィーヌのお付きにして貴族のご令嬢、サラ・マーニュの姿がある。

「くそっ……兵士上がりの俺がこんなに疲れるなんて、魔国は道の整備ができてなさすぎる……」

「えーっとぉ、サラ思うんですけど、それってものすごーく降ってる雪のせいじゃ……ないですかねえ……」

目の前、雪がすごい。

なにも見えない。

魔国の中は、一歩踏み込んだ瞬間豪雪だったのである。

国境線までは晴れていたのに、魔国の領地だけ豪雪。なんだこの不安定な天気は。不具合報告が必要なレベル。

ピンク色ツインテールのサラは、ツインテがソフトクリームみたいな変な形で凍っているのも気にせずにティーガを覗《のぞ》き込んだ。

「ハンカチ、使います〜？　お鼻が真っ赤ですよぅ」

「はっ、お貴族サマだなあんた。俺ら平民がこの程度の寒さで音を上げるわけねえだろ、毎回冬は……いやくっそ寒い死ぬ、もうハンカチでもなんでもいいから貸せ」

「はぁーい。えへへぇ、このハンカチ、デルフィーヌさまとお揃いなんですよぉ」

寒くて死にそうな所に気を遣わなきゃいけないような事を言われた。

びしょびしょに濡《ぬ》れて小汚くなった灰色の髪の青年は、ピンクの少女が差し出してきた綺麗なハンカチで、ちょっと遠慮して顔周りと手の辺りだけ拭った。

この青年、なんだかんだ言ってちょっと悪い人になりきれないところがあった。

「ティーガさんっ、ほら、いちにっ、いちにっ、頑張って歩きましょーう！」

「お前なんでそんな元気なの……貴族のご令嬢なんだろ……？」

「えへへぇ、デルフィーヌ様のところに配属されたあとで、何回か失敗したら暫く畑にいなさーいって言われた時期があって……」

「畑？」

「それでですねえ、魔国のガジガジイモと、王国のバシバシイモの違いがわかるように芋と戦ってたら、体力ついちゃいました～！　芋が噛《か》み付いてきてもちゃんと収穫できちゃうんですよぉ～！」

「すげえ……」

ティーガは素直に感心した。普通にすごい。りんごを一目見て、このリンゴはどこの地域のどの畑で作られたのかを一瞬で見抜けるスキルと同じぐらいすごい。あと、素手で猪《いのしし》とやりあえるスキルぐらいすごい。

でもどう考えても普通の貴族のご令嬢のすることじゃない。

（本当に貴族なのか……？）

ティーガが疑い始めた頃、豪雪の中の強行軍は終わりにさしかかった。先行していた軍服姿の雪女が、すっと振り返る。

肌の色が真っ白なので、多分雪属性の人間だと思う。多分。

「ここだ、入ってくれ」

国境線から歩いてきた一団は、とある建物の中に招き入れられた。石造りの四角い塔だ。遠くから見たら、なんか灰色の石碑みたいに見えそう。

（……墓標みたいだ）

ティーガは思った。そして、それはあながち間違っていなかった。

中に入ると、中は真っ暗で人の気配だけがしていた。全員が踏み込んだ瞬間、後ろの扉が閉まる音がした。

ぱっ、とスポットライトがつく。どこまでも高い天井、上にはオペラ劇場のように、すり鉢状に延々と席が積み上がっている。そしてどの席もほとんど全て埋まっていて……何故かその中の何人かは、垂れ幕とか看板とかを持っていた。

えーっと、なに？

「王国民の皆様！　ようこそいらっしゃいました！」

うおーっ、と客席が沸いた。

「王国の皆さんだ！　人間だ！　人間が来たぞ!!」

「魔《ま》石《せき》油《ゆ》界隈《かいわい》の人手不足もこれで解消だ！」

「みなさん、是非うちに来てください！　アットホームな職場です！」

「うちは残業代固定ですが稼げます！　本当です！」

「いえいえ是非うちに！　休暇二日制です!!　是非是非!!」

なにこれ。

垂れ幕や看板をよく見ると、『ウェルカム人間さん、うちの職場で働きませんか？』『魔族じゃ上手く掘れない魔石を掘って悠々自適生活』『住み込み寮つきアットホームな職場です』と文字が躍っている。

提示されている給料は安……いやそこそこ？　っていう微妙なラインを彷徨《さまよ》っている。

ティーガは一瞬で察した。

これ奴隷市場じゃねえか！

ブラックな働き口しかねえところに人間連れてきて就職しないと帰さない腹ってやつだ、騙された……！

と思ったら、隣のサラは目をきらきらさせていた。

「副業おっけーなんですねえ、わあ、だったらどこかで働いたらデルフィーヌ様にプレゼントが買えるかも……。次の月、デルフィーヌ様お誕生日なんですぅ〜」

「やめとけお嬢サマ、ここで就職したらその大好きなデルフィーヌ様に一生会えなくなるぞ！」

「そ、そうなんですか⁉」

「そうだよ！　なんとかして逃げ……」

「そうは行きませんねえ！」

舞台の上の司会役が高らかに言う。

既に閉じられていた扉の前に重量級の衛兵が立ち塞がった。全身が金属で固められ、巨大すぎる盾を持っている。あれだ、魔導系地雷とか処理するときに持ってくタイプの盾。内紛とかあったときに持ってこられるタイプの、大人の身の丈ぐらいあるタイプの盾だ。

それが、二十人ぐらい扉の前に立っていた。がっしゃんがっしゃんうるさい。

「出口を塞がれた……！」

「ど、どどどうしましょうティーガさぁんっ、お城に帰れないですぅぅ……！　デルフィーヌ様はサラがいないと、心配で夜しか眠れなくなっちゃうのに……！」

　それ普通に寝れてるやつ。

「くそっ、ホワイト職場だけどちょっと給料安いから、親父のハゲを治すために副業でもと思っただけなのに……っ！　金が欲しかっただけなのに……！」

「親孝行で何よりですぅ！　偉いですねっ！」

「そ、そうか？」

　照れている場合ではない、親孝行なティーガ・ラグー、このままでは絶体絶命である。

　このままではサラと一緒によくわからないままブラックギルドに飛ばされてしまう、休暇二日制とか言ってるがそれ一ヵ月に二日って意味だろわかってるんだからな！

　ティーガは素早く辺りを見回した。魔国の人間はおそらく皆魔族で、戦闘能力がある。対してこちらは人間ばかり、民間人も多い。そばで混乱しているサラも多分戦えはしない。そして目の前には重量級の装備で固めた兵士が数十人……

　舞台の上で、片眼鏡をかけた司会者が両手を大きく広げた。

「さあ、王国民の皆さん！　お好きな契約書にサインを！　さあ！　血判を！　どうぞ！」

　やんややんや。

　紙吹雪が舞うし花吹雪が舞うし、垂れ幕と看板がやんややんやとしている。

『うちに来たら月収百万ゴルド可能』

『アットホームです、ギルドが二十四時間家になります！』

『綺麗なサキュバスお姉さんと一緒に（黒塗りで読めない）して働こう！』

『魔石を掘るだけ！　一日二万ゴルド！』

やばい。洗脳されそう。あと一個なんかやべえのある。

とにかく、どれも絶対サインしたらだめなやつじゃん。

ティーガの今まで培ってきた警戒心が激しく警鐘を鳴らす。

しかし現状に気がついていない王国民の数人は、各ギルドの給料を見比べて唸《うな》っていた。もうなんか、あっちに就職する気だ。ティーガは歯をぎりぎりした。

スルーしようと思ったけどだめだ、ここで同じ王国に所属する奴らがブラックな魔国へ吸収されていくのを黙って見ていられない！

この青年、一見シニカルでぶっきらぼうだが、実のところやたら正義感が強くて無鉄砲であった。

「おいみんなやめろ！！！！　だめだ、その契約書は――……」

叫んだ瞬間、銃弾の、気配がした。

音はしなかった。

世界がスローモーションに見えた。

見回すと、兵士の一人が、こちらに銃口を向けていた。

まずいことを言い出す前の口封じとして最初から仕込まれていた伏兵に違いなかった。

催眠弾だろうか？　それとも催涙弾？　どちらにせよ、当たったら、だめだ。

「ティーガさぁん！！！！」

サラの声が響く。ピンク色のツインテールが目の前で閃《ひらめ》いて、彼女が自分を庇《かば》おうとしているのだと悟った。

だめだ、だめだ。俺は一般市民だけど、あんたは貴族様なのに。貴族のお姫様なのに、傷物になっちまうなんて、だめだ――……

そのときだった。一陣の風が吹いた。

撃たれた弾丸が全部目の前で砕け散った。

「……えっ」

サラ・マーニュを抱きしめて床に転がった、ティーガの前に。

すっくと誰かが立っていた。すらりと美しい足首から上は、黒いシスター服で隠されている。

ふわりと外れて落ちた頭巾。

こぼれるのは蜂蜜色のうつくしい髪。黄金の肉食獣を思わせる圧倒的なオーラ、口元に描かれた傲岸不遜なまでの微笑み。

ヴィクトリア・ウィナー・オーストウェン。

我らが国の王妃。

彼女が片手で持ったバールのようなもので、撃たれた弾丸を粉微塵《こなみじん》にしたのだと悟ったのは、数秒経ってからだった。

「お、王妃……⁉」

「ヴィクトリアさまぁ……⁉」

彼女は窓をぶち破って飛び込んできたらしかった。

おかげでめっちゃ雪が部屋の中に吹き込んでくる、寒い。

王妃の隣に、黒髪ハーフアップの麗しいご令嬢がふわりと隠密のように降り立って、ふう、とため息を吐いている。足音がしない。

どうでもいいけどこのご令嬢、動きがどう見てもカタギじゃない。

「いささかご入場方法が……粗暴ですわ、王妃さま……」

「入り口が封鎖されていたのだから仕方なかろう。しかも、『前回の就職希望者たちが終わらないと入らせません』と言われてしまってはな」

「じゅ、順番待ちという概念がないのですかあなたたちは！」

司会者の声が裏返っている。

そうだよな。列で待っててねって言ってお客を処理してたら、後ろの客がいきなり壁壊して順番抜かししてきましたみたいなものだ。普通に怖いわ。

咎《とが》められた王妃は顎を上げた。

「ない。我のいる場所が常に列の一番目だが？」

王妃は後光を放ちながら答えた。めっちゃ勝手である。列に並ばないタイプの人である。というか、多分ＶＩＰ待遇で先に入れるタイプの人。

「無事かお前たち」

王妃が振り向いて、膝をつく。目線を合わせてくれる。

ティーガはこくこくと頷いた。

サラは唐突な銃弾の乱打に目を回していて、青年の胸元に倒れ込む形で守られていた。

「おや、これは公式愛妾のところの娘ではないか。……そなたが守ったのか、ティーガ・ラグー。よくやった」

「お、俺の名前を……？」

「我を撃った男だぞ、貴様は。忘れるわけがなかろうよ」

ティーガはちょっと青くなったが、息を吐いて気を落ち着かせた。

「王妃、この会場は……奴隷市場だ、副業とか言って騙してきたけど！　奴隷市場なんだよ！」

青年の言葉を、王妃は黙って聞いた。ティーガは少し言葉に迷ったが、真っすぐにその瞳を見上げた。

「……。俺は貴族は嫌いだ、貴族は信じられない。でも、あんたなら、……俺を赦《ゆる》して、殺さずに生かしておいてくれたあんたなら、きっとこの状況を何とかできるんだろう？　こんなこと言うのは情けないけど、恥ずかしいけど、助けてくれ王妃様!!　俺もあんたを守る、一兵士として全力で護衛する、だからあんたが民たちを助けてやってくれ！！！」

　必死で訴える。

　黄金の王妃は、青年の思いを受け止めて、肯いた。

「分かっている。それをどうにかしようと乗り込んできたところよ」

「あんたが来たってことは軍勢とかも一緒なんだよな？」

「いいや、手勢は一人と猫軍団しかおらぬ」

「ねこぐんだん」

　もふもふ。

　や、役に立ちそうにねえ……！

　ティーガは現実主義だったのでそう思ったが、ヴィクトリアは意に介さずにすっくと背筋を伸ばして立った。

　勝手にすたすたと舞台の上に上がっていく。彼女はナチュラルな仕草で司会者からマイクを奪い取った。

「あっ、ちょ、それ私のマイク」

　あっさり主導権も一緒に強奪していくスタイル。

　片メガネの司会者からマイクを奪い取った王妃は、きーん、という音割れと共に声を響かせた。

背を伸ばし、声を張り、黄金の髪が外から吹き込んでくる吹雪に舞い踊る。さながら王妃オンステージ。ロックだぜ。

「聞け！　国民たちよ！！！！！」

黄金の声音であった。輝かんばかりの威厳を遺憾なく発揮して、王妃は叫んだ。マイク越しに叫んだのでめっちゃ耳がキーンとなる。もうちょっと加減して。

「何が不満があって、そなたたちがここまで来たのかは分からぬ。何故魔国の土を踏むことにしたのか、今ある仕事以外を望んだのか、我にはわからぬ！　だが約束しよう、国へと戻るがよい、この件は決して悪いようには転がさぬ！！！　そなたたちに、更なる繁栄を、幸せを、きっと約束しようぞ！！！！」

その声にはっとした者がいた、涙ぐんだものがいた。

だが、困惑したものたちもいた。今お金がほしいのにちょっと先の繁栄と幸せを約束されてもちょっと困るのである。今お金がほしい、それが切実な気持ちであった。できれば五千兆ゴルドぐらいほしい。

やがてぽつぽつと声が上がった。

「王妃様の崇高なお考えはわかります、でも、女房に財布を差し押さえられててどうしても副業がしたくて……！」

「どうしても今、遊ぶ金がほしいんです……！」

「デルフィーヌさまの誕生日プレゼント買いたいです……！」

「割りのいい仕事で楽して稼ぎてえんです……!!」

いつの間にか目を覚ましたサラ・マーニュがさりげなく混ざってるし、どうしようもねえ理由多すぎ問題である。

王妃がどう返そうか困ってちょっと黙った隙に、司会者がマイクを奪い取った。

マイク奪い合いバトル、二回戦がはじまりました。

「なるほど、隣国の王妃様!!　あなたの弱点が見えましたよ!!」

死亡フラグみたいなことを言い出した。

「我の弱点だと？」

「そう――……あなたは、『強すぎる』のです」

司会者、きらりと片眼鏡を光らせて王妃を指さした。かっこいいポーズである。なんか犯人を追い詰める探偵みたいなポーズである。

でもそれ多分みんなもう分かってたよ。

司会者は続ける。

「あなたは強いが故に、真に『弱きもの』の気持ちがわからない。あなたは強く、美しく、まるで女帝のように君臨する、そういった器だ。つまりあなたは真の意味で民には寄り添えない！　具体的にいうと、女房に財布を差し押さえられて三百ゴルドのサンドイッチで日々をしのぐ男の気持ちが分かるわけがない！！！！」

　なんか妙に実感こもってるな。

「そう、あなたには弱きものの気持ちは真にはわからない！！　それがあなたの弱点だ王妃様、どうしようもない民の弱さをあなたは理解できない！」

「――なるほど、そうやもしれぬ」

　王妃は俯《うつむ》いて答えた。微かな声であった。

　そして顔を上げた。マイクを最早奪い取ろうともせずに声を張り上げた、それだけで建物の中にその声は黄金に響き渡った。

「だが、――それがどうした！！！！！！！！」

「何ですって……？」

　彼女は背筋を伸ばして司会者を見た。そして、民たちを見た。自分を見つめる、魔族の人々を見た。

　黒いシスター服を纏《まと》おうが、溢《あふ》れ出る威厳は健在！　蜂蜜色の髪に吹雪が花を添え、雪の結晶を纏わせて、それすら味方にして彼女は黄金に煌《きら》めく。

「それがどうした。分からずとも導くことはできよう。分からずとも幸せにすることはできよう、分からずとも守ることは、愛することはできよう！！！！」

　王妃は美しく微笑んだ。

「……それに、そなたはわかっておらぬ」

「な、にを」

「我は確かに民の弱さが分からぬ。実感として理解はできぬ。故に、我が国に君臨すれば国は滅んだやもしれぬ。我は、とりあえず毎日十時間筋トレすれば強くなれるだろうと考えるタイプの人間でな」

それは意志の弱い人間がやったら一日で音をあげるやつ。

「そういった考えの我が王なら、我が国はそこまで上手く回らなかったやもしれぬな。貴様も恐らくそういった光景を思い描いたのであろう、が――……我は王ではない」

ヴィクトリア・ウィナー・オーストウェン『王妃』は燦然《さんぜん》と煌《かがや》きながら、民たちを見回す。

「我は王ではない、王の伴侶である。……我が分からぬ民の弱さは、王であるフレデリックが分かっているであろう。そなたたちの細かな処遇は、寧《むし》ろあれに任せた方がいい。王は人の弱さを理解できる人間だ。……きっと悪いようにはならない。すぐさま金が欲しいのなら良心的な質屋や貸し付け屋を紹介するなり、新たに公共事業を起こすなりするだろう。……きっと、そなたたちに寄り添った歩み方で」

彼女は奴隷市場を見回す。

魔族たちは彼女のオーラに呑《の》まれ、口もきけずにいる。兵士も銃弾をさっきから撃ってはいるのだが、撃つ度に弾が砕け散って無駄になるのでちょっと発砲を控えつつあった。

ちなみに、放り投げられた盾を拾い上げたティーガがかなりの弾丸をブロックしたので、魔国側はめちゃくちゃ余計に弾を消費してしまった。この青年、なかなかに守りが上手い。

民たちを守りながら、守られながら、彼女は胸を張って叫んだ。

「我が国を信じよ!!　王を信じよ、そして、我の愛を信じよ!!　国民たちよ、わざわざ奴隷に身を落とすことはない、我が国がきっとそなたらを繁栄へと導こうぞ！！！」

少しの、沈黙が落ちた。

そして、うおーーっ、と、誰かが声を上げた。

王妃様万歳、と声が上がった。段々と唱和の声が高くなった。

俺たちは国へ帰るぞ、と。

それにはっとしたように魔国の兵士たちが襲いかかってくる。それを王妃の振り回したバールが一蹴した。光を帯びて、光の粉を散らす。ライトセイバーである。この人が握ると、どんなものでも聖剣ヅラして威力が高くなるの、すごい。

ミレイユの猫たちも大いに奮戦した。ミレイユの指示で、足に飛びつく。引っ掻《か》く。猫好きの兵士たちが餌食になってめろめろになる。うーん、ネコチャンは神。

「うおお猫だ！」

「トビネコじゃねえか可愛い！」

「こりゃ使い魔だ、斬れ!!」

「なんだとネコチャンを斬るとか万死だろうが‼　一生足を爪研ぎにされろ‼」

混沌《こんとん》。

しかし、状況は劣勢であった。

敵の数が多すぎる。人間は少数、魔法を使える魔族は多数だ。このままでは、とても倒しきれない――……。王妃が一人で時間をかければ蹴散らせそうだが、援軍を呼ばれたら少し危ないかもしれない。

そう思った時だった。

いきなり部屋の真ん中で、黒い煙が噴き上がった。

それは、完全なる不意打ちであった。ミレイユは驚いて猫を呼び集めて身を呈して抱きしめて守った。

「何ですの……⁉　げほっごふぉっうぇぇぇ」

ミレイユ嬢、咳《せ》き込み方が個性的。

ぼふん、と濃い霧が爆発して何も見えなくなり、兵士たちは咳き込んだし、国民も咳き込んだし、司会者も咳き込んだのでめっちゃマイクがキーンとなった。うるせえ。

黒い霧から人影が飛び出してきた。

「王妃さま、お迎えにあがりましてよ！　ほらあんたたち、もっと煙幕を張るんだよ！！！！」

そこにいたのは、……全身を黒服で固めたメイドだった。

ブリジット・ディー。王宮のメイド長筆頭。

メイド長にして、値切りと節約の達人にして——……王家直属、『掃除係』の長、隠密部隊隊長！

「……フレデリックが寄越したのか？」

「ええ、王妃さま。王様が貴女《あなた》を守れと」

「あれには、いつも助けられている」

「それは王様に直に言ってあげてくださいな!!」

　間に合うかわかりませんけども、とブリジットが不穏な呟《つぶや》きをもらして、ヴィクトリアは微かに眉を上げたが、直ぐにその意識は他へ逸れた。

　司会者が、一人で逃げようとしていたのである。

　ヴィクトリアはその足元を容赦なくバールで薙《な》ぎ払った。

　当たり前のように司会者は転んだ。いったそう。

「いったあああ！　何するんですか！」

「貴様こそ一人で逃げようとするな」

「いーや逃げますよ、私は逃げますよ!?　自信満々傲岸不遜ついでに戦闘力がアホみたいに高いあなたとは違うんですよ、一騎討ちとかもう絶対イヤ！」

　正直すぎる。

　ヴィクトリアがその腕を摑《つか》んだ瞬間、……司会者はぼすん、と崩れて消えた。

後に残ったのは、微かな魔力の痕跡。はらりと落ちてきた、何かが描かれた紙一枚。

『それに、――私の交渉相手は、あなたではないんですよ、王妃様。もっと上の方がいらっしゃるようなので……そちらのおもてなしの準備を進めないといけないので……。ほら、他所《よそ》のトップ、社長が出てきたらやっぱり応接室にお通ししないと失礼になりますし……』

なんか考え方が会社勤めなんだよなあ。

声が響く。黒い霧に覆われた世界で、声だけが揺らめいている。

『何か言いたければ、そう――……私のところまで来てください、黄金の王妃様。直に来た時には、全ては終わっているかもしれませんが……、あっ、菓子折はいりませんので……お気軽に……』

黒い霧の中で揺らめく声とかいう神秘的シチュエーションなのにセリフのせいで台無し。

「ずらかりますわよ、ヴィクトリア様!!　さあ、あんたたち、国民のみんなを連れて国境線まで護衛しな!!」

「はい、ブリジット様！」

「了解です、ブリジットさま！」

メイド長、言葉遣いが悪い。

司会者の男の、低い笑い声は次第に遠くなっていく。

ヴィクトリアは手に持った紙を改めて見た。

そこに刻まれていたのは、――魔王の使う魔法陣であった。

『消えた』人々のある程度が戻ってきた王国はある程度の賑《にぎ》わいを取り戻した。夜の街は人声が絶えない。

王宮にも、灯りが灯っている。

その中の最奥、王の部屋へ向かう階段を、ヴィクトリア・ウィナー・オーストウェンは辿《たど》っていた。今回はフレデリックが隠密を事前手配してくれていなければ、恐らくもっと脱出は厳しいものになっていただろう。

最愛の男には愛と感謝を伝えよう。

そう思いながら、王妃は階段を上っていく。

既に服装はシスター服ではない。いつものワインレッドのドレスであり、彼女を彼女たらしめるドレスであった。髪型も美しく蜂蜜色の髪は巻かれ、王妃に相応《ふさわ》しいあでやかさを取り戻している。

王に帰還の挨拶をする折だからと、最高の装いをとブリジットが整えてくれたものだ。

いつも寝起きの姿を見せているが、こういうのもたまには悪くないかもしれないと、ヴィクトリア・ウィナー・オーストウェンはらしくないことを考える。普通の少女のようなことを。

王妃は階段を上がりきり、扉に手をかける。

開く。

窓が開いていた。

重い天鵞絨《ビロード》のカーテンは束ねられたまま。レースの薄いカーテンだけが、ひらひらと、ひらひらと。夜風に踊っていた。

その前に人影があった。

「お帰り」

満月を背に、王ではなく、魔術士が立っていた。

「……ミカエル」

「王妃ちゃん、今回も大活躍だったみたいで何よりだよ～！」

彼は大仰に両手を広げて見せる。

何故、彼がここにいるのか。ここは仮にも王の寝室である。公務室とは違うのだ。プライベートの空間に、王ではなく一人の従者が残されていた、その意味は。

ヴィクトリアは辺りを静かに見回す。

整えられた室内。数日人が寝ていないように綺麗な寝台。何冊かなくなっているフレデリックの愛する本。彼がいつも使っている、うつくしい魔梟《まきょう》の羽ペンもない。彼が愛し、手もとに置いていた細々としたもの。それが、消えている。どれもこれも。

「……王は。あれはどこへ行った」

「何処《どこ》へ行ったと思う？」

ミカエルは笑っている。まるでおとぎばなしのチェシャ猫のような笑みであった。

「お前、まさか」

「そんな怖い顔しないでよ王妃ちゃん、オレがちょーっと王様の味方したからって」

「……あれを行かせたのか」

「行きたいっていうからさ。送ったよ、国境まで。……フレデリック王はね、今回の件、自分で魔王に対して直談判するってさ」

直談判。

魔国の中央に自ら赴いて、自分だけで決着をつけようとしている。それを聞いて、ヴィクトリアは息を呑んだ。

「……国境へ行ったのか、我以外の奴と」

「いや王妃ちゃん、あのね、ちょっと動揺し過ぎて嫉妬し過ぎた人みたいなことになってるから」

ミカエル、こんな状況でもツッコミの宿命から逃れられない。

「……あれは、一人で魔国に交渉に出かけたのだな」

「そう、かなりの人が戻ったとはいえ先に入った人間は帰ってきてないからね。その人たちを返してもらえるよう、交渉に出たよ」

「我を待たずにか」

「なーに言ってるの、王妃ちゃんは」

けらけらとミカエルは笑った。

「いつも王妃ちゃんがやってたことでしょ？」

ヴィクトリアは黙り込む。

黄金に光り輝く、覇王のオーラを纏った娘は、ここで初めて待つ側の気持ちを理解したのかもしれなかった。

危険に飛び込むものを、案じる気持ちを。

「……そうだな。我が、いつもやっていたことだ。そして、……フレデリックはいつもどうしていた？」

「え」

王妃は笑った。

「ミカエル、魔国の情報を集めよ。出来る限りの事をするぞ。このヴィクトリアを補佐に回らせるとは予想できなかった、しかし我の男はギャップも愛《う》い」

「王妃ちゃんさあ、王様のこと好きすぎない？」

めろめろである。唐突にのろけていくスタイル。

彼女はばさりとワインレッドのドレスを翻す。蒼月《そうげつ》の光が降り注ぐ、その遠い向こうには雪を被った魔国の山の頂が見える。

それを背にして、ヴィクトリアは部屋を出ていく。王のいない部屋を。王を補佐するために。

「いくぞ、あれに万が一があった時のための我だ。……フレデリックを守るのは我だ」

勇ましい。

赤いドレスのヴィクトリアは唇の端を上げて笑う。

ヴィクトリア・ウィナー・オーストウェンはこういう時でさえ、世界で一番偉そうであった。

八章　世界一偉そうな王妃は雪の魔国を救済する

　王妃が魔国の情報を集めはじめて数日が経ったところで、異変が起きた。
何の問題もなく魔国の中心部まで辿《たど》り着いたと連絡が来た辺りで、王の足取りが追えなくなったのである。帰還の予定日を過ぎても、王が戻らない。魔導伝書鳩も、飛ばしても何故か戻らない。

それは王国に、大きな動揺を巻き起こした。

　城の中ではいくらかの王に対する噂話《うわさばなし》というか、まあ、所感が駆け巡った。

「こうなるような気はしていましたよね……王様、姫気質ですから……」

「陛下は実質可憐《かれん》な乙女概念だから攫《さら》われても仕方ないな……」

「国王陛下、行方不明なの？　絶対魔王の城に連れ去られて鎖で繋《つな》がれてるわよ！　それでドッグフードとか食べさせられてるんだわ！」

　どんなニッチな状況だ。

「……取り戻さねばならぬ」

　王妃はひとりごちた。

　声が重低音であった。滲《にじ》み出るオーラが怖い。普段が黄金なら、今は濃縮された黄金がじわじわ揺らめいている。

今、国民たちは動揺が大きい。心理的大災害を受けている。

王というものは、いたらいたで別に気にならないけど、いなくなったらすごい動揺するモノの象徴みたいな感じだ。

トイレにおける予備のトイレットペーパーみたいな。鞄《かばん》の中の折り畳み傘みたいな。なかったら嫌だもんな。

夕闇の中、考えにふける王妃の部屋を、不意にノックするものがあった。

「王妃様」

公式愛妾《あいしょう》デルフィーヌが王妃の部屋を訪れたのは、王の帰還予定日から二日を過ぎた夕方であった。もう日が落ちかけて、部屋の中は赤く染まっている。

デルフィーヌ・ブーケは本日も紫陽花《あじさい》の花のように装って王妃の所を訪れた。農家感は綺麗《きれい》に押し隠している、流石《さすが》である。

「デルフィーヌ嬢。……何か用事か？」

「何か用事か？　ではありませんわよ。王妃様」

ぴしゃりとデルフィーヌは言った。王宮の紫陽花、農家の畑にでんっと育った南瓜《かぼちゃ》みたいな気迫であった。じっさいカボチャみたいにふんわりしたドレスだし。

「陛下の足取りが途絶えてからもう数日が経っています。魔国で良からぬことが起こったに違いありません。早急に対策を打てとの上王陛下からの伝言です、台風の日に畑の様子を見にいくのと同じぐらいの優先度で」

それ飛ばされるやつでは？

「なるほど、そなたは伝令か。上王陛下は他になんと言っておられた」

「できることをできるようにせよと、王妃様に」

「なるほど」

アドバイスがない。クソ上司である。

いや、だが上王は既に政治の第一線からは退いている。状況が正確に分かっているかも怪しい、ろくなアドバイスが得られずとも仕方がないか。

「……上王様は、王妃様の今までしてきたことの結果として、なんとかなるだろうと。困難は伴うとは思うがと付け加えてもおられましたが」

「ほう？」

当てにならない占い師みたいなこと言うよな。

「それはありがたいことだ」

しかし、ヴィクトリアは唇の端を持ち上げて微笑んだ。美しい笑みであった。

上王グレゴワールは名君として名高かった王だった。もっとも、ちょっと息子に甘過ぎてフレデリックがああ育ってしまったきらいはあるが。

彼が統治していた頃は未来を当てるような様々な政策に、『予言王』だとか『予知王』だとか言われていたほどだ。

その彼がそう言うのだ、これはきっと幸先がいいのだろう。

メンタルが強靱《きょうじん》なヴィクトリア・ウィナー・オーストウェンは占いのいいとこだけしか聞かないタイプであった。困難を伴うだろうが、のところはガン無視した。

ポジティブ覇王ウーマン。

——その時、窓をコツコツと叩《たた》くものがあった。

伝令のトビネコであった。

年上太め男性が性癖、ミレイユ・ユペール嬢があれから後も魔国との国境線辺りに陣取り、こうして連絡を寄越してくるのである。

悪魔猫はふよふよと飛んできてヴィクトリアの足元にぽとりと書簡を落とす。ご褒美として煮干しをやるとめっちゃ食べる。かわいい。

ぶにゃあああ。と低音で鳴く。それでもねこはねこなのでかわいい。

ヴィクトリアは猫を一頻《ひとしき》り撫《な》でてやってから手紙を開いた。

『王妃様へ
国境線よりお便りしております、ミレイユです。本日も豪雪です……髪が凍りそうです、死にそうです。今日はシチューを食べました、おいしかったです』

日記か？

『さて、本題なのですが……国境線周りで、少し怪しげな動きがあります。

魔国へ、石油が……魔石油《ませきゆ》が多く運び込まれつつあります。我が国からの密輸分もありますし、様子を見るに様々なところから魔石油が運び込まれている様子です。

あれは基本魔法を使うエネルギー源ですが、最近は我が国の錬金塔の製作した武器の燃料となったり、攻撃的な汎用性の高いものです。それがこうも大量に集められているとなると……わたくしには不穏な想像しかできません』

ミレイユの手紙はそこで一段落した。そこから先は筆跡がやたらと乱れている。

『もしかして、戦争が起こるのではないですか……⁉』

ああ、確かにそうかもしれない、とデルフィーヌ・ブーケは考えた。これを書いた娘もまた、この美しい国が戦争に巻き込まれるのを恐れているのだろう。怖がっているのだろう。

『そうなると、く、国中のぷにぷにの男性が一網打尽になるのでは⁉　みんながシェイプアップして痩せちゃって世界中から脂肪が消え去るのでは⁉　その時にわたくしはどうしたら……』

そっちかあ。

デルフィーヌは咳払《せきばら》いして王妃を見た。

「とにかく王妃様……あちらの国に魔石油が集められている状況、見過ごせませんわ。

陛下は魔国から戻らず伝令もこない、あちらの国は戦力を集めている……それが行き着く先なんて、この娘の言う通り、一つではありませんの？　王を人質とした、戦争です。

生存競争ですわ。平和な畑にハーブを撒《ま》こうとしているのです、奴らは」

本来育ててた植物が枯れる迷惑なやつー！

その頃、サンティア国王フレデリックは魔王の城の応接間に案内されていた。

案内人の悪魔は、なんだか痩せこけて不健康そうだ。青い顔をした（そういう肌色なので）悪魔は、フレデリックを豪奢《ごうしゃ》な廊下の先へと導く。

「サンティア国王フレデリック様、どうぞこちらへ」

「あ、はい……」

それにしても。

魔王の城というからどれだけおどろおどろしい、めちゃくちゃおぞましい感じの城かとイメージしていたのだが……。

金箔《きんぱく》の剝がれた彫像。宝石が抜かれたらしき痕のある置物。あきらかになんか、高そうな絵画を取り外しましたみたいな壁。

あと、なんか、その。

あちこちに『差し押さえ』の紙がめっちゃ貼ってある。

借金地獄みたいな様相であった、ナニコレ。

「あの……案内人さん……これは一体……？」

「詳しくは魔王陛下に聞いていただければ分かりますが、我が国は今国庫が大変逼迫《ひっぱく》していて……」

うん、見りゃわかるな。

「まあ霧に包んで言いますとちょっとこう、借金でド赤字、地獄、魔界じゃなくて寧《むし》ろ生き地獄です」

なにも霧に包んでない。

「なぜこんなことに……魔国はある程度豊かだったはずでは……？」

フレデリックはここまできた目的を一瞬忘れて、普通に戸惑っていた。

おかしいな。うちの国民を奴隷として引き抜こうとしている悪逆非道な魔王の城に挑みにやってきたはずなのに。

なぜか差し押さえの紙が貼られまくって暖房とかも入ってなくて、多分魔導系電気も止まってそうなボロボロの城の中を歩かされている……。

案内人の悪魔は大きくため息をついた。

「それが……最近、地脈の様子がおかしくてですね……今年、豪雪が魔国では降り続いています。それを魔王様は、国庫から金を出して何とかしてきたのですが……冬が本格的に厳しくなった結果、財が尽きて……」

「なるほど、それは大変だ……」

フレデリックは心から同情して言った。

悪魔はその声音に込められた優しさに乗っかるようにして熱意のままに言い募ってしまった。

「魔王様はあらゆるものを売り払い、電気も止めて、自らは食事をモヤシとハムサンドのみで耐えていらっしゃいます。ついでにその豊富な魔力も惜しみなく使って分身して、あちこちの商業場に出ている始末でございます……！　最近は七十二時間労働で……魔王陛下にも、もう少し休んでいただきたいのですが……!!」

人間だったら普通に死んでるなそれ。

「いくら魔族といえど重い労働だね……!?」

「そうなんです！　そうなんですよ！　でも陛下は全然休んでくださらなくって……！」

悪魔の青年は青い肌を少し上気させて熱弁したが、直後にその相手が他国の王であることに気がついてはっと赤面……いや青面した。悪魔の血は大体青いのである。お前の血は何色だ。

この悪魔、サンティア国王フレデリックが妙に気さくで喋《しゃべ》りやすい雰囲気なのでついつい流されてめっちゃ喋ってしまった。まるで魔法のように、この王には人の口を軽くさせる所があった。なんだろう、これ。不可思議な力だ。

「……申し訳ありません、一国の王様に向かって私的な悩みをぐちぐちと……！」

「いや、聞けてよかった。ありがとう。魔王陛下は随分と配下に慕われているようだ」

フレデリックは笑って言った。平民の声は貴重だ、王家に連なる者だけでは国は成り立たないのだから。だから、大貴族以外の魔王への意見を聞けたのはよかった、彼《か》の魔王が配下からどう思われているのかをちゃんと聞くことができた。

やがて、廊下も突き当たりに来る。

立派な両開きの扉の前で悪魔の青年は立ち止まり、フレデリックをそっと中へと促す。

「サンティア国王陛下、どうぞ中へ」

「……ああ」

フレデリックは息を吸って、吐いた。いよいよ、魔王と会談するのだ。

ここで、密輸の件や奴隷取引の件を、直談判してなんとかやめてもらわねば。

策はある。ヴィクトリアのように体当たりが苦手な自分が、考えてきた策だ。

フレデリックは、人の心の裏をかいたり、上手く操ったりすることは苦手だった。かといって、ヴィクトリアのように真正面からカリスマで攻略することだってできない。

自分の武器は、只人《ただびと》であること。

それは昔、とても大きなコンプレックスだったが、今では少し違って捉えられるようになった。

光り輝ける王妃のようにはなれない。

でもきっと、凡人であることで、できることだってある。

「ところで隣国の国王陛下」

「ん、なんだい？」

「あの、霧に包むように言いますが、魔王陛下はとてもこう、今はガリガリに痩せたネズミみたいに貧相で、しなしなに萎び切った干しブドウみたいなんですが、豪華に服を整える余裕もなく……。その点にはどうか目を瞑《つぶ》っていただけると」

豪速球悪口。

さっきから全然霧に包んだ言い回しができていない。

フレデリックが応接間に入ると、灰色よれよれの背広を着て、くたびれた窓際閑職《かんしょく》系サラリーマンみたいな男が顔を上げた。

彼は口角をあげて微笑んだ。

「いらっしゃいませ、サンティア国王陛下。いつもお世話になっております、私が魔国の王を務めている者です」

開幕、会社への連絡メッセージみたいな挨拶だなあ。

端的に言うと、会談はものの二秒で終わった。

「魔王陛下、我が国での密輸と奴隷取引の主導をしていらっしゃっ」

「申し訳ございません！！！！」

土下座でもしそうな勢いで頭を下げられて、フレデリックは目をぱちくりした。

国王同士の会談の場だ、丁々発止《ちょうちょうはっし》のやり取りが待っているかと思ったら初手でこれ。なんかもっと、心理戦とか色々あると思っていた。なんか国際会議みたいな場所だとそういうのよくあるし。

「え、あ、えっと、い、いきなりそう謝罪されてしまうとちょっと困るな……。お聞きしてもよろしいでしょうか、魔王たるあなたが何故そんな事を？」

「金がほしくて！！！！」

直球すぎる。

頭を九十度下げる様は完全に社畜である。

「国庫がそんなに逼迫しているのですか……？」

それとも魔国ってめっちゃ物価が高いとかあるのかな。ニンジン一本一万ゴルドみたいな。

フレデリックが訝《いぶか》しんで言うと、よれよれに疲れ切った様子の魔王はため息を吐《つ》いた。

「はい。主に急な豪雪の対策で、国庫は火の車を通り越して尻毛も残さず消炭ですよ」

なんでそういう例えをしたんだ……

「魔族が掘ると変質する石油採掘要員の外部雇用……除雪系の術式に使うための器具の輸入……除雪のために優秀な魔術師を魔族以外からも調達するためのお金と、あと……国民の暖房器具に魔石油を行き渡らせるための輸入代が……重くて……」

石油を国民中行き渡らせたらそれは財布ダイレクトアタックである。

そんなもん普通に無理。

調達されている魔石油は、なんとびっくり全部国民のストーブに回されていたらしい。戦争とかナニソレである。石油をそれぞれの家に任せるのではなく、国民が凍りつかないように国でも油を支給していたなら、そんなの普通に金が足りなくなるわ。

「……暖房器具の、節約だとかは」

「しておりますが、足りません……あまり節約すると、人が死にます。わたくし、魔国を預かる者として国民を死なせるわけには」

「去年はどうだったのです？」

「地脈の動きが変わってくる前は、冬はどちらかというと暖冬でした。故に……備えがなくて……家に一本マフラーがあればいいや、ぐらいの防寒着しかなくて……」

そこからの突然の冷え込みは死ぬじゃん？

……とフレデリックは思ったし、窓の外を見ると家々は雪に半分埋れていて、中の人間が普通に生活できているのか怪しいほどだ。

「……なるほど、そういった事情でしたか……」

大体雪のせい！！！！！　という悲痛な叫びが聞こえてきそうだった。

魔国、完全に北の試される大地。

「それで今、この城では殆《ほとん》ど暖房を使っていないのですね？」

さっきから隙間風がめっちゃ寒い。もしかして城の修理とかもしてないんじゃなかろうか。

「はい、最低限しか。城を暖かく保つための魔石油で、恐らく十軒ほどの家が暖かく過ごすことができるでしょうからねえ」

干しぶどうみたいなサラリーマン（魔王）は、本当に今にも過労死しそうな顔をしていて、フレデリックは普通に心配になってしまった。

「……それで、お金をかけた結果……問題はどの程度解消を……？」

「どの程度もこの程度もございません……。除雪するための手は未だに足りず、国庫は逼迫するばかり。石油を掘る手も足りずに、サンティア国から募集した労働者も大半は契約を破棄して国に帰ってしまってもう……除雪もできず、お金が……どうやってやりくりすれば……いっそわたくしが出稼ぎを……？」

目がうつろ。

だからって他国の民をブラック企業に勤めさせようとするんじゃない。

しかしその顔は完全に、家計が回らないと頭を抱えている子持ちの主婦である。お金がやりくりして節約しても足りないわ、お母さんパートにでようかしら。

「魔王陛下本人が国外へ出ていらっしゃるのはちょっと……」

あと多分、魔王をパートに雇う雇用者も困りそうだし。

フレデリックは魔王を宥《なだ》めた。

「落ち着いてください……あなたが他国に出稼ぎに出たら、一体誰が政治を回すんだ……」

「分身を一人増やせばよいのです、サンティア国王陛下。恐らく王妃様辺りがお会いになったのではないでしょうか？　わたくしの分身の一人と。分身を……あと十人ほど増やせば、五人を政治用に城に置き、半分を出稼ぎにいかせれば……」

　その発想はなかった。魔法、便利。

「まあ、みんなわたくしなので、全員が全員朝は起きたくないしやりたくない仕事は誰か他の『わたくし』に押し付けたくて喧嘩《けんか》になるんですけどね」

　ダメ人間では？

　魔王は大きく息を吐いて深々と頭を下げた。

「ともかく……、サンティア王国にご迷惑をかけたこと、申し訳ございませんでした。ちょっとわたくし魔王も、お金のなさに目が眩《くら》み、いけないことをしてしまいました。悪いことをするのが魔族の性とはいえ、政治の場所でそれをやれば戦争になりますからねえ」

「……いえ……では、我が国への密輸と、奴隷募集……じゃなかった、労働者の無許可募集はやめていただいてもよろしいか」

「お約束いたします」

　あっさりと魔王が言ったので、フレデリックは少し安心して息を吐いた。

　丁々発止の心理戦、ついに出番なし。

「誓約書にサインもいただけますか？」

「おや、意外と用心深いのですね、サンティア国王陛下。……ええ、勿論《もちろん》」

くたびれたサラリーマン風魔王は、くたびれた平社員からくたびれた課長ぐらいまで進化した程度の威厳を見せて頷《うなず》いた。ぼろぼろ片眼鏡を持ち上げる。ちょっとヒビが入ってる。

「サンティア王国は小さな国ですが、優秀な魔術師も多い上に王家は錬金塔に錬金術師の一軍を抱えている。魔術と錬金術を融合した魔導系の武器を繰り出されては、今の我が国では勝てる見込みもなく。

……まあつまり、あなたの国とは戦争をしたくないので……！　それからですね、好みの美人だったのでつい格好つけて魔王っぽく我が国に来いとか言っちゃいましたが、あの王妃様とはあんまり敵になりたくなくて」

私情バリバリである。

「ヴィクトリアのことを知っているのですか？」

「ええ、市場で一度、労働者募集の場所で一度姿をお見かけしましたね。

どのような方か見るために、護衛の方と一緒に少し過激なサーカスにお招きしたのですが……いやはや、すごい方ですね、きつい目が美しくて好みです。わたくしに妻がいなければ王妃様のハーレムに入りたかったですね」

「なんて？」

「寧ろ、お城にお招きして踏まれたかったですね」

突然性癖を暴露するな。

「まあ、妻がいるのでやりません。わたくし、妻にドタマかち割られてから永遠に愛すると決めたので……」

あらゆる意味で過激な惚気《のろけ》をされて、フレデリックは用意されていたワインを噴きそうになった。

「そ、そうですか……」

「おや、サンティア国王陛下。陛下もわたくしと似たようなものでは？　あの王妃様ならビンタされてなじられるのも……おっと想像だけでうっとり……」

おいやめろ。

変な性癖持ちにあんまり慣れていなかったフレデリックは思わず困惑した。

「あの、僕はヴィクトリアとは、そんな……！」

「おや、ではどんな所がお好きで……」

豪雪が降り頻る中、王二人の会談は段々女子会みたいな話題に流れつつあった。

王たちは知らなかった。その三日後、平和に会談を終えたフレデリックが帰ろうとしたら、豪雪に阻まれて帰れなくなることを。

連絡を飛ばそうとしても、魔力を帯びた地脈由来で降る雪のせいで上手く連絡が届かなくなることを。

そのせいでサンティアでは、王が消えたと大騒ぎになることを、まだ二人とも予測できなかったのである。

あと、ついでに言うと、サンティア国王フレデリックを気に入った魔王が毎晩部屋に押しかけてきて、毎晩パジャマパーティが催されることも、まあ、フレデリックとしては予測外だった。


その頃、サンティア王国錬金塔は魔国とは別の意味で火の車になっていた。

錬金塔、サンティア王国の魔科学の中枢である。そこに朝早くに踏み込んできた王妃様に、「豪雪地帯でも走れる、魔法の装甲付きの馬車を用意してほしい」と頼まれたのである。

しかも大至急、なるべく早くに。

超ブラック任務である。しかし王を助けにいくためだと言われたら断ることなど思いつこうはずもない。

というわけで、錬金塔の人間皆がほぼ不眠不休、徹夜でことに当たっていた。

魔術装甲はノウハウがあるので楽勝だが、ろくに大雪が降らないサンティア王国の錬金塔で豪雪地帯を走る馬車を用意できるかと言われると非常に難しかったのである。

「車輪にくっつける火の術式の構築終わりましたか⁉」

「もうちょいです！　でも魔力が尽きそうです！　あとこれだけで雪溶ける気がしません！」

「王妃様の親衛隊も含めた術士を呼んで魔力の供給を……」

「もうやってますし呼んでます……！」

「日の術の方はどうです？　溶けた水が一瞬で凍って、後続の馬車が続けない問題をなんとか……できれば蒸発させるぐらい強い術式を車輪に……」

「やってるっつうの！　そんな急ピッチで組み上がるかこんなの！」

「おい暴言禁止だっつってんだろうがこのクソハゲタコ、減給！」

　ブーメラン理不尽。

　しかし、段々と錬金塔の研究者たちの魔力は尽きつつあった。限界が近いのだ。いくら魔法使いであっても、いくら魔力が高い国随一の人間が揃《そろ》っていたって、辛いものは辛い。眠い時は眠い。王族からの勅命を物理的に無視できない悲しき民の性《さが》。

「塔長……俺眠いです……」

「寝るな、死ぬぞ!!」

「傷が深いんでしっかりできません……」

　自己申告。

　別の研究員も、ふらふらと床に座り込んだ。

「塔長、魔力使いすぎたんで……寝ていいすか……？」

「だめだ、こうしている間にも王がどうなっているか分からんのだぞ！」

「陛下が……」

研究者たちの間にざわっとざわめきが広がる。

そうだよな。

あの陛下が。あのお馬鹿でちょっと人間的に弱いけど結構民のことを見てくれる陛下が。

俺たちが頑張らないと死ぬかもしれないんだよな。

俺たちが頑張ることで救われるかもしれないんだよな。

「王妃様も頭を下げて我々に頼んでいらっしゃったのだぞ！　我々の努力で、陛下が救い出せるかもしれんのだぞ⁉　そうしたら給料もあがるかもしれん」

物欲。

いやでも、五千兆ゴルドほしい。

そういった気持ちが、塔の中をじわりと包んだ。

連帯感。

「……そうですよね、塔長。やりましょう、まだ俺、やれます！」

「日の術式と炎の術式だけじゃ溶けた水で一瞬で地面が凍るって欠陥も、気合いでなんとかしてみせます！」

「もう三日ぐらい物食ってないけど行けます！」

「給料十倍になるならいけます！」

「陛下と、頭を下げてくださった王妃様のためなら俺たち、頑張れます！」

十倍にはならないかもしれない。

「錬金塔、ファイトー！」

「おお！！！！」

おお、と声が塔を揺さぶった。

その彼らの努力の結果、一時間後には馬車は完成——しなかった。

一時間後。

錬金塔の床に、魔力を搾り尽くした上に腹が減りすぎて気絶した研究員の死体もどきが転がりまくっただけであった。

やっぱ根性論だけじゃ無理だよね。


ああ、やっぱりだめなんだ……という薄らとした倦怠《けんたい》と、絶望が塔を包んだ。

頑張っても無理だ。

どれだけ頑張ったって、間に合いっこない。コストも足りないし、時間も足りないし、締め切りはなるべく短くって依頼人が言うし、何の支援もしてくれないし………

まさしく、絶望。

その二文字が静かに錬金塔に降り注いで、皆の士気をじわじわと下げつつあった。

というか、もう士気とか残っていないし、魔力も搾り尽くして、お腹も減って、なんというか、もうだめだった。

いろいろと、無理……

――その時だった。

死屍累々《ししるいるい》の錬金塔の扉を、誰かが蹴り開けた。

ふわり、と甘い匂いが鼻をつく。

葡萄《ぶどう》の香りだ。

「なんだ……？」

魔力をしぼり尽くして死体になりかけていた一人がかすれた声を上げた。

「間に合ったかしら！　ほら飲んで、みんな飲んで！」

それぞれの手に小瓶が渡される。ラベルには『カタリア地方産・特濃マギア・グレープ・ドリンク～これ、マリア・カタリアが一つ一つ手作業で作りました～』の文字。

飲んだ瞬間、塔長は体に力が漲《みなぎ》るのを感じた。

力というか、……魔力だ。

魔力を直に流し込まれるようだ。高濃度の魔法にちょっとくらくらするぐらい、そのドリンクは力があった。具体的に言うと、翼生えそう。空も飛べそう。

「お、お嬢さん……これは……？」

錬金塔の開かれた扉、背後には太陽の光、逆光を背負った御令嬢――マリア・カタリア嬢はぱっと笑った。

「お姉さまからの緊急要請で飛んできましたの！」

彼女はドリンクが入っていた箱を机に置く。そこに入っていたカタリア家の家紋は、最近王都でよく出回っているワインのものと同一だ。

貧乏で没落しかけていたカタリアの家を助けた王妃が、ある程度優先的にカタリア家のワインを贔屓《ひいき》にした結果、その美味しさが知られて王都に出回るようになったもの。

「お姉さまのおかげで没落を回避できて、新しい商品も開発できたんですもの！　ここで使わない手があって？　魔力を込めた葡萄のジュースよ、うちの新製品！　十倍濃縮して持ってきたのよ！　さあ、無料でいいわ、どんどん飲んでくださいな」

「金の見返りを求めないなんてマリアらしくないよな～」

後ろからついてきたミカエルが笑って、直後にマリアに足を踏まれた。

「いっって!!」

「恩義を感じたら普通に動くわよ普通に！　まあ、ほら、その、お姉さまに恩を売っておいたら後々のカタリア家のためでしょ？」

「照れ隠し下手くそじゃない？」

「うるさいわよ！」

血縁同士の言い合いを尻目に、ドリンクを飲んだ研究員から、少しずつ力が戻っていく。

だがまだ、体は不調を訴えてくる。固形物を何も摂っていないのだから、当たり前だ。

その直後に、カタリア嬢を押し除《の》けてどやどやと沢山の男たちが木箱を運び込んできた。

ふわり、となんか匂いがした。

「おい、錬金塔の兄ちゃんたち、これ食いな！」

木箱の中身は、サンドイッチの詰まったバスケットであった。こんがりときつね色に焼けているパン。いい匂いだ。

復活した研究員の一人がバスケットの中身を取り出して、かじる。

やわらかいパン部分。小麦の味が生きている。ぱりっとしたレタスに挟まれた瑞々《みずみず》しいトマト、なんだかよくわからないけどすごい新鮮な野菜類の数々。

素材の味が生きている、素材の味が爆発している。

いっそ口の中でちょっと動いてるような気もする。

「な、なんだこれは……!?　美味い……!!　美味すぎる……!!　口が中から野菜のシャキシャキに支配されていく……！！！！」

塔長、思わずグルメ系の登場人物みたいなリアクションをしてしまった。

「さるお方からの差し入れよ！　具体的には農家出身の……おっとこれ以上はいけねえ、あのお方に農地送りにされちまう」

のうかの　ちからって　すげー！

公式愛妾デル……いや、さる高貴な農家からの差し入れで、研究員たちは一気に元気になった。魔力も戻った、食事もした。疲労はあるけれど、まだいけるかもしれない、まだ戦えるかもしれない。

そこへ、一匹の悪魔猫が走り込んできた。口にくわえた羊皮紙。

それをぽとりと落として、ぶにゃあああと鳴く。相変わらず声でっかいな。

訝しげにした研究員がそれを取って、くるくると開く。そこには——……掃除のための術式を応用した、車輪につけるための術の構築方法が書かれていた。

「……これって……」

「ブランダン様じゃないか……!?」

「えっ、ブランダン様!?　今は獄中掃除作家の!?」

「車輪に清掃系の魔法は思いつかなかったな!?」

そういう認識かあ。

「車輪に、炎と日と掃除系の魔術を組み合わせでかけたらいけそうじゃないか……!?」

「この組み合わせ正直変態だけどいけるんじゃないか」

「揚げ物の上からくそ甘ジュースをかけるゲロみたいな取り合わせだけどいけそう」

「俺の術式信念にはちょっと反する組み合わせだけど多分いける！　いけるぞ！！！」

悪口がすごい。

まあ普通車輪で掃除しようとか思わんしな。


その時、――光が人の形を取る。


研究員が、その場にいた農夫たちが、カタリア家の二人が、みんなしてそちらを見た。

黄金色の王妃が。恐らく、不眠不休の錬金塔の人々のためにあちこちの人脈に声をかけたであろう、未だ若い王妃が。そこに立っていた。

「――お、王妃様……!」

「錬金塔に集う誉《ほまれ》高き研究者たちよ」

彼女の声はよく通った。王がいないというのに、凛《りん》として、真っ直ぐで、強くて。

乱れを一切窺《うかが》わせぬ声であった。

「そして、我の声かけで動いてくれた、愛《いと》しき隣人たちよ。心より感謝を示そう、誠意を示そう」

王妃は深々と礼をした。略式ではない、正式な貴族の礼だった。

舞踏会でするようなちょっとしたものではなく。自分の尊敬する者へ向けた、正式な礼の形。

「――…我は、魔力がない。なので、そなたらのように術式を自ら編むことはできぬ。我は、酒の醸造ができぬ。魔力を凝縮した葡萄を生産する術《すべ》に長《た》けているわけではない。我は農家ではなく、滋養のある食べ物を直に用意できるわけでもない。――我は王妃だ。我にできることは限りがある。だが！！！！」

　声は塔の中に響いた。全員が水を打ったような静寂を保った。

　黄金の調べが、塔の中に響き渡る、輝く。先ほどまで絶望が薄らと支配し、停滞していた世界を押し流していく。

「――助けを借り、それを必要とする者の所へ適切に届けることは、できる。魔力は編めずとも、知識があるものへ連絡を取り、心よりの誠意と褒賞を用意して人を動かすことはできる。

　そして――……作られた、完成した馬車で、王を迎えにいく時。兵を、民を守るための盾となり剣となり、駆け抜けることもできよう！！！！」

　王妃は唇の端を微かにあげた。

「我は我にできる精一杯でそなたたちに報いたい。王を取り戻した暁には、もっとよき治世を、平和を捧《ささ》げると約束しよう」

　そして彼女はふわりと黄金の、蜂蜜色の髪を翻す。外から入ってきた日差しが彼女を金色に縁取り、輝かせる。

「そして給料も上げよう！！！！！　後の褒美を期待して待つがよい！！！！！！」

　きゃーっと歓声が上がった。錬金塔、結構おじさんばっかだったのに。

　この王妃、カリスマだけで押し切らずちゃんと物理的にご褒美を用意してくれるので推せる、と塔長は思った。

五千兆ゴルドはちょっと無理らしいけど。

でも、頑張ったら給料がアップするよと事前に言われたら、もっともっと頑張るしかないじゃないか。物理的に向けられた、彼女のその期待に報いるために。


数日後、王妃を乗せた黄金の馬車と、それに続く馬車たちが魔国へ向けて出発した。それぞれの馬車には強力な呪文が載せられており、攻撃されたら即座に反撃できる仕組みである。

そして一番の難所の豪雪対策もばっちりだ。全ての車輪に掃除と太陽と炎の魔術を搭載し、雪を溶かし蒸発させて進む。

王妃を乗せた黄金の馬車の一軍は、白み始めた朝日の中、魔国との国境線を蹄《ひづめ》の音と共に越えていく。

魔国の夜はものすご――く冷え込む。
どれぐらい冷えるかというと、窓を開けたら睫毛《まつげ》がぱりぱりっと段々凍りそうなぐらいだ。寒い。比較的暖かなサンティア王国から来たフレデリックが耐えられるはずもなく、ここ数日夜は晩酌も楽しまないまま布団の中で団子になる日々が続いている。

ついでに、フレデリックが連れてきた護衛たちもみんなして寒がりだったので、比較的暖かい部屋に魔王の厚意で避難させてもらっている。ありがたい。

（……それにしても、……魔王陛下が蝙蝠《こうもり》の使いを出してくださったとはいえ……この豪雪で、向こうへ届くんだろうか……。魔導系の通信機も、雪に含まれる魔力を感知するせいか上手く動かないし……）

フレデリックはため息を吐いた。もう帰還の予定を大幅に過ぎてしまっている。魔国の悩みは解消できてはいないとはいえ、交渉は概《おおむ》ね成功したので早めに戻れるのならば戻った方がいいだろう。民やヴィクトリアを心配させたくなかった。

それにしても、寒い。寒すぎて上手く眠れない。窓の外は、次第に白み始めている。

そんな時、不意に扉がノックされてフレデリックはそっと布団から頭だけを出した。

凍りつきそう。寒い。くっそ寒。

「サンティア国王陛下……」

「魔王陛下？」

普通にびっくりした。ここ数日パジャマパーティをしていた仲とはいえ、こんな朝方に訪ねてくるものか？　しかし入り口の警備兵は沈黙しているし、乱闘があったような音も一切しなかったり、普通に扉開けてもいいだろう、多分。

寒いのを我慢して、彼はきちんとした服装に着替えた。上から、赤い防寒着の外套《がいとう》を羽織る。王らしい、マントだ。

赤色は、彼女のドレスの色。この魔国に持ち込む外套の色を決めるときにこれにしたのは、彼女のことを、無意識に思っていたからだろうか。

（……ヴィクトリア、ごめん。心配しているかな……もう少し、待っていて）

必ず君のところに戻るから。だから、国で待っていて。

一つ息を吐く。

フレデリックが扉を開くと、よれよれの服――……ではなく、真っ黒な鎧《よろい》に身を包んだ魔王が立っていた。背中に、ばさりと黒い羽根が出ている。魔族の羽根、そのものだ。漆黒の中に煌《きらめ》く不可思議なゆらめきを持った色は、魔王である証。

ブラックメタリックである。暗黒騎士である。戦支度である。

顔は疲れた社畜なのでちょっとアンバランスだけども。

「鎧……」

一瞬混乱したフレデリックは当たり障りないことを言ってしまった。

「あっ、えっと、と、とてもよくお似合いです」

「ありがとうございます、大変嬉《うれ》しいです……いやー、普段わたくしこういう格好しないので……」

「いえ、かっこいいですよ！　とても！」

「あっ、本当ですか？　照れますねえ……」

客と服屋の店員みたいな会話をする王二人。

パジャマパーティまでして性癖暴露しあった仲なのに。

魔王は咳払いをした。いつものくたびれた社畜感が薄れて、為政者の顔になっていた。

「いえ、今はそういったお話ではなく……サンティア国王陛下。国境をですね、何者かが越えた気配があります」

「……国境を？」

空気がピリッと引き締まった。魔王の顔が、ただならぬ空気を漂わせていた故に。

「はい。しかも、複数の術式を携え、魔術装甲を纏《まと》った何かがやってきます。基本的に我が国の国境線の防衛術は、攻撃魔法を持たない者には反応しないのですが……今回は、戦車にも相当する何かが、この王城目掛けて一直線に走ってくるのを感知いたしました」

口調は深刻で、重々しかった。

この魔国に、魔法への防護を固めた一軍が乗り込んできたということは。

それがどこの国であっても、戦闘の意思が多少なりともあるという事に他ならない。

「……つまり……？」

「王都まで戦火の手が伸びる可能性があります。サンティア国王陛下を、なるべく早く国まで送り届け、我が国は守りを固めて――……」

その時、フレデリック王はふっと窓の外を見た。

明るく白み始める朝日の中、走ってくる、黄金の馬車を見た。

——そこにいる、黄金の輝きを見た。

彼は、ぽつりと言った。

「その必要は」

「ないと、思いますが」

魔王は眉を上げ、窓の外を見る。

ひゅ、と息を呑《の》む、音がした。

雪が。

あれほどまでに街を、道を覆っていた雪が、溶けていた。

黄金の馬車が、いくつもいくつも、道を走ってくる。馬車が走るたび、車輪が回るたび、雪が溶ける。

雪が溶けた水がきらきらと水蒸気になり、小さな虹があちこちにかかる。雪がなくなった場所に緑が薄らと見えて、小さな白い花が、淡い黄色の花が、桃色の花が、儚《はかな》げな花びらをもたげる。

まるで、黄金の馬車が通り過ぎた場所から、春になっていくようだ。

魔国の人々が驚いて道へ出てくる。彼らの周りが、真っ白で冷たい世界から一瞬で春へと塗り替えられていく、あざやかな虹がかかる。

魔王はそれをただ、呆然《ぼうぜん》と眺めて言う。

「あ、れは……なんですか？」

フレデリックは呟《つぶや》いた。

「――……ヴィクトリアだ」

黄金の、先頭の馬車から半身を乗り出し、蜂蜜色の髪を靡《なび》かせる娘を、二人の王は見た。

こんな時ですら赤いうつくしいドレスを脱ぎ捨てず、その身に纏って駆けてくる。

彼女は駆けてくる。

ああ、そうだった、とフレデリックは思う。

ヴィクトリア・ウィナー・オーストウェンは、国で一人待っているような女ではない。

彼女は、気がかりがあれば自らが赴き、誰かを討つ必要があれば自分で剣を取り、そして――守りたいもののために、大剣を携えて戦場の真ん中を駆け抜ける。

そういう娘だったじゃないか。昔から、そうだったじゃないか。

そういうところが、最初は苦手で、そのうち、とても好きになった。

彼女が彼女らしいところが。

フレデリックは走り出した。赤いマントを翻し、ミルクティー色の髪を魔国の日差しにきらめかせて、走り出した。

「国王陛下！」

誰かが慌てたように呼び止めたが構いやしない。

外へ出る。その時には、春を引き連れた黄金の馬車たちは、魔王城の中へと走り込んでいた。

長い長い階段。緩やかに裾に向かって広がる石階段の、その下に。

既に準備を終えていたのか、黒い魔王軍の鎧の兵士たちが整列した、その前に。

春の日差しを背負って、赤いドレスの娘が、立っている。

フレデリックはそこで立ち止まり、それから一つ息を吐く。

お互いに、息を切らせていた。

冷えた空気の中を走り抜けてきたヴィクトリアも、魔国の城の中を畏れ多くも爆走してしまったフレデリックも。

お互いに息を切らせて、呼吸を整えられないまま、向かい合った。

ゆっくりと歩み寄って、その金色の髪を撫でる。ふわ、とその形のいいヴィクトリアの唇から、吐息がこぼれた。

「――……フレデリック、……無事だったか」

「……長く戻れなくて、ごめんね」

「こうして走り出てこられる所を見ると、人質だったわけではなさそうだな」

「ああ、魔王陛下は、よくしてくださった。雪に閉じ込められて、出られなかっただけなんだ……。でも……それももう、君が解消してくれたようだけれど」

黄金の馬車が雪を溶かした魔王城の庭園には、春の気配がきらめいていた。

例えば、溶けた雪の下に芽吹く双葉に。例えば、雪の花をつけていた木々に鮮やかな花の色がぽつぽつと見えて。

お互いに言いたい言葉は、言うべき言葉はもっとあるはずなのに、上手く出てこない。

部下の前だ。魔国の中だ。二人きりではない。そういったことが、お互いの私的な言葉を封じ込めていた。

一つ、息を吐く。二つ、手を取る。

抱きしめようとして思いとどまり、そっとその華奢《きゃしゃ》で白い手を取るだけに留《とど》める。

彼女はここまでくるのに、どれだけのものをこの両手で動かしたのだろう。

来てくれてありがとうだとか、君とこうして会えて嬉しいだとか、心配かけてごめんだとか、今の君が、頬を寒さで赤くして髪を乱した君がとても綺麗に見えるだとか。

そういった言葉は全部封じ込めて、フレデリックはその片手にそっと口付ける。

「――……来てくれてありがとう、僕の王妃」

「苦しゅうない」

うーん、偉そう。

その時、不意打ちで手が伸びてきた。顎を摑《つか》まれて、顔を上げさせられる。意志の強い切れ長の瞳がふっと迫る。何をされるか察したフレデリックは焦った。

いや待って、ここ魔国の庭だし配下も普通にいるし普通に恥ずかしいしいやいやいやいやいや……

「待っ」

「待たぬ」

ふわりと蜂蜜色の髪が揺れて、唇の距離がゼロになる。吐息が通う。

彼女からは、黄金の春の匂いがした。

王は赤くなった。それを見て王妃は、春のきらめきと、雪の溶けた水によってかかった虹を従えて、とびきり美しく微笑んだ。


その様子を魔国の兵士たちと、サンティア王国の兵士たちは何となく見守った。

何となくめっちゃ拍手をした。ここ絶対拍手するとこ。

真ん中にいた王が大いに照れて、王妃が軽く両手をあげて拍手を受け止める。慣れたものである。

鎧を着込んで戦支度を万端にしていた魔王は、二人の様子を見てふっと息を吐き、大体の事態を理解して苦笑して剣を収めた。

これただのラブラブお迎えですね？　惚気に巻き込まれたみたいになってしまった。

魔王は軽く手を振って、黄金の馬車の群れに対して臨戦態勢だった兵士たちを下がらせる。

「兵たち、控えなさい。攻撃をしないように」

魔王はヴィクトリア・ウィナー・オーストウェンを見た。春を連れてきた黄金の娘を。あの奴隷市場の舞台で、闇市の片隅で見かけた時より、どんな時よりも、王の隣にいる時が華やいでみえると、そう思った。

彼女に踏まれてみたいし詰《なじ》られてみたい。

だが、まあ、愛する人と幸せそうに見つめ合っている所に乱入するほど無粋ではない。

「陛下、花が。我が国にも、花が……！」

青い肌色の魔族が嬉しげに声をあげて、魔王はふっと意識を引き戻される。魔族は溶けた雪の下から頭をもたげた花に、長い爪で触れる。

異国からやってきた黄金の娘が、この魔国に春を連れてきた。

どこのおとぎばなしだろう。

青い肌の魔族はしみじみと言った。

「……借金地獄通り越して借金魔界赤字の我が国にも、春が来ましたねえ。陛下もこれでよく眠れますね」

相変わらず言葉を霧に包まない。

よく眠れるのは事実だけど、もうちょっと言葉をなんとかしてほしい。

そう思いながら魔王も肯いた。

分身して過ごす日々も、漸《ようや》く終わる。これで複数の自分が『あれやりたくない』『これやりたくない』と言っているのを仲裁しなくてよくなる。平和。

春の光の中で、早速魔王は命じた。

「戦闘はなくなりました！　兵たちは持ち場に戻りなさい。それからわたくし今夜はぐっすり寝たいので、布団を全部外に干しておいてください」

「それは自分でやってくださーい」

「甘えないでくださーい」

「鎧姿かっこいいけどだめでーす」

魔国の兵士たち、魔王に厳しい。

小さく兵たちの間から笑い声が上がる。明るい春色の陽気の中で、皆気分が浮き立っているのかもしれない。

魔王と呼ばれる男は目を細めて、春の中に佇《たたず》む隣国の王と王妃を見守った。

あとであの馬車型除雪車のレンタル代幾らになるか聞こうっと。

その後、平和的な話し合いの末、ヴィクトリアの引き連れてきた対豪雪地帯用の魔科学搭載馬車は魔国に貸し出されることとなった。

魔国の雪を溶かして春を連れてくる黄金の馬車は、そのうち魔国の春祭り名物になったりしたが、それもまた、数年後の話。

別のおはなしである。

エピローグ　ヴィクトリア・ウィナー・オーストウェン王妃は世界で一番偉そうである

初めて、王宮で婚約者である王子と顔を合わせた時。

王子は、授業に出たくなくて家庭教師から逃げている真っ最中であったことを、覚えている。

「どうしてそんなにも授業がいやなんだ？」

「……ヴィクトリアにだけ教えてあげる、みんなにはひみつだよ！」

手を引かれて連れて行かれたところには、傷ついた小鳥がいた。

あまりにこの小鳥が心配で、授業に出たくなかったのだと、彼は小さく言って、青い小鳥の翼を撫《な》でた。

その時に、この王子が将来王になるということを知っていたヴィクトリア・ウィナー・オーストウェンは不安を抱いたのだ。

あまりに、彼は人間であった。王とは、ある程度情を切り捨てなければやっていけない職務だ。

それは王ではなく、広大な領地を有する公爵家とて同じこと。情だけでは、やっていけない。

そう伝えると、彼は唇をちょっと曲げた。

「……でも、放っておきたくないんだ。……目の前の何かを助けたいのは、そんなにいけないことなのかな」

「……王になるならば、そういった考え方もひつようだ。タイキョクを見る目をやしなわなければいけない」

小さなヴィクトリアは、聞きかじりの帝王学をそう伝えた。

フレデリック王子は、ぽつりと尋ねた。

「じゃあ、……タイキョクを見たときに、みてもらえなかったひとたちは、どこに助けてって言ったら、いいのかな」

責めるような口調ではなかった。ただ、疑問だったからつぶやいた、そういった調子だった。

小さなヴィクトリアには、答えられなかった。

フレデリックはそのまま、大きくなった。両親が年齢が高くなってからの子供だったから、甘やかされたのかもしれない。

良くも悪くも人間的に育った。苦手な科目があればサボって逃げたりもしたし、体調が悪い時には全く無理をすることなく休んだ。

愛馬の死に悲しみ、友人の身に降りかかった不幸を一緒に嘆いた。

当たり前に反抗期になって暫《しばら》く王宮に戻らなくなったりもしたし、それで両親に迷惑をかければ家に戻った時にはとても反省した様子で謝った。まるでしゅんとした大型犬みたいだった。

ヴィクトリアには、——彼のそんなところが、理解できなかった。

苦手な科目なら尚更頑張るべきだし、体調が悪くとも少しであれば休まず鍛錬した方が力が身につく。

反抗期であっても、未来の王である自覚があるのならば王宮を離れるべきではないだろう。

幼い頃のヴィクトリアは、そういった考え方だったのだ。

でも。

「ヴィクトリア、ほら、花が綺麗《きれい》だったから持ってきたんだ！」

赤い花飾りを、ヴィクトリアの頭に乗せて、彼が笑う。未来の王が、未来の王妃に贈り物をするなら、もっと、宝石だとかドレスだとか、色々あるだろうに、彼は花飾りを選んだ。

「花言葉はね……えっと、その。ないしょだけど！」

（……知っている）

赤い、野花の花言葉。

『側にいる君を、大切にする』

好ましいと思った。

大事な人に、自分の手で作ったものをあげよう。そうやって、当たり前の『ひと』として、考えられるフレデリック王子の感性を、幼い日のヴィクトリア・ウィナー・オーストウェンは愛した。

ドレスや宝石じゃない。心を込めた花飾りを、あげようと。自然にそう思える心が、愛《いと》おしいと、思った。

（だが、……きっとこの王子は、まちがえる……）

――そう。

彼は、未来に王となる前に、きっと何度も間違えるだろう。彼は、『人間』であるから。弱い部分も、優しい部分も、あまりに普通の人間であるから。

王族は時に人間でいてはいけないものだから、彼はきっと間違えるだろう。

その時は、自分が正せばいい。そばにいて、愛したらいい。彼が間違えるのなら、そばにいて、愛を以てそれを正す。彼が大きく間違った方へ行かないよう。

そうすればきっと、フレデリックは素晴らしい王となる。

民に心を近づけて政治を行える、真に民を愛する王に。

弱さを理解できない自分にはできないことを、きっと彼がやってくれる。

それを、自分は王妃として、支えよう。何があろうとも。

それは決意だった。それは誓いだった。

覇王であり女帝であり、決して凡人にはなれぬヴィクトリア・ウィナー・グローリア令嬢の、唯一の人間的な愛だった。

ヴィクトリア・ウィナー・オーストウェン王妃はふっと目を開く。

「……ヴィクトリア、眠っていたのかい？」

「いや、……少し、昔のことを、思い出していただけだ」

声をかけられて、王妃は答えた。

二人は今、控室にいた。春の日差しが燦々《さんさん》と降り注ぐ控室の中だ。ステンドグラスから、色づいた光が落ちてくる。王妃は白い豪奢《ごうしゃ》なドレス、王もまた美しい金糸の縫い取りのマントに身を包んでいた。

「……僕もね、たまに昔のことを思い出すよ」

「そうなのか？」

「僕は最初、君が苦手だったんだ」

言われた言葉に、ヴィクトリアは一つ瞬く。

ミルクティー色の髪をした王は、ふっと深く息を吐いて子供のように笑った。

「……君は最初から、出会った時から完璧で、なんでもできて、強くて。僕よりもずっと王様に相応《ふさわ》しく見えて……まるで小さな女王のようだった。そんな君が、憧れで、同時に追いつけない自分が悔しかった」

「…………」

「そんな君がいやで反発して、仲が悪かった時もあったね」

「あった。まあ、我はその間もずっとお前を愛していたがな」

「えっ」

唐突な発言に王は普通に照れた。

「いや、えっと、……その、ありがとう……」

「我は、お前のその、人間らしいところが好きだ」

ヴィクトリアは囁《ささや》く。蜂蜜色の髪の王妃は立ち上がり、そっと王の頬に口づけを落とす。

「不完全でよい。お前は我ではない。お前が我である必要はないのだ。お前には人間らしい優しさがある。民に寄り添い思う心が。だからお前が王で、我が王妃の方が国はよく回る。……フレデリック、お前を我は愛おしいと思う。心から、全て」

王は小さく息を呑《の》んでから、そっと吐息を溢《こぼ》した。

進む道を共に歩んできた。彼女の道行きを追いかけ、色々なことがあって。

時々道は分かれて、お互いに違う場所に立つこともあった。例えば後宮に新しい姫を入れるという話の時。例えば魔国相手の単独交渉の時。

そこを頑張って、一人でやり抜いて。自分自身だってできる事があると少しだけ証明もして。なんでもできる婚約者に、今ならきっと、少しだけ胸を張って言える気がした。憧れと同時に抱えていた劣等感も、蟠《わだかま》りも、簡単になくなりはしないけど。でも、今ならきっと、前よりずっと素直に言葉を伝えられる。

黄金に光り輝くこの王国の王妃。強く、美しく、その姿は薔薇《ばら》のごとく、その心は獅子《しし》がごとく。いや女帝かな。やっぱり覇王かも知れない。

なにはともあれ。彼女の深い愛を、彼女のその破天荒さを、そのなにもかもが愛おしいと。

「……僕も、君が君であるところを、愛しているよ。……君が歩む道と、君自身を愛している」

優しく王は言った。

彼がそう囁いて、そっと王妃を抱きしめた、その時だった。

外から、二人を呼ぶ声がかかった。出番が来たのだ。

今日は、結婚してから一周年の式典。賑《にぎ》やかでおめでたい、パレードの日。

遠くからパレードの音楽が楽しげに響いている。ヴィクトリアが目を上げた先、少し遠いバルコニーから差し込むのは、春の日差し。

バルコニーへ続く大きなホールには、数々の国からの来賓や、貴族たちが集まってまるで花が咲いたように華やかだ。美しい音楽、揺れるドレスの彩り。

あの日。

黄金の馬車を率いて魔王国へと乗り込んだあの日。結局戦闘が起こるというのは勘違いだったことが相互理解できて、平和的に解決した。

魔王は目の色を変えて馬車を貸してくれと言ってきた。除雪車として暫く使ってから返すから、レンタル代も払いますから……と頭を下げられたので、暫く貸した結果魔国の豪雪はある程度やわらいだようだった。それ以来、魔国とは友好関係を維持している。

今日の式典には、魔国からの来賓もいる。

肌の色も薄い青だったり緑だったりする人が時折混ざっていて、国際色が豊かだ。来賓が並ぶ特別席の真ん中には魔王が座っていて、今日は魔族らしい漆黒に身を固めて背筋を伸ばしている。威厳溢《あふ》れる風態だ。

こちらに気がつくと、彼は軽く微笑んで会釈した。

王は、王妃に手を差し伸べる。二人で、並び立つ。

フレデリックとヴィクトリアはゆっくりとホールを、来賓席の前を通り過ぎて、明るい光の溢れるバルコニーへと歩んでいく。

貴族の席から、デルフィーヌが唇の端でだけ微笑んでこちらを見ている。サラ・マーニュが大きく手を振って転びかけ、そばにいた衛兵のティーガが慌てて支える。

ミレイユは猫を抱っこして貴族席から少し離れたところに座っている。ブランダンへ出す手紙を書いているのだろうか、膝に置いた羊皮紙に情景をメモしているようだった。

マリア・カタリアが略式の礼をして、側にいるミカエルが楽しげに笑う。マリアの護衛は腕に焼肉の刺青のある兵士である。

ブリジット・ディーメイド長が、ヴィクトリアの髪についた大輪の薔薇の位置を直す。

メイドたちが王と王妃の衣装をうつくしく整え直したら、さあ、――バルコニーの扉が開く。

王と王妃はあざやかな春の日差しの下に、並んで進み出る。花びらが舞う、空は抜けるように青い。

「今日の日を迎えられたこと嬉《うれ》しく思うよ、ありがとう！」

「我の愛しき国民たちよ、存分に祝い歌うがよい。この王妃が赦《ゆる》そうぞ！」

相変わらず王より超偉そうである。

歓声が上がる、笑い声が、拍手が、幸せそうな声が、青空に舞い散る。

王は黄金の王妃を愛おしそうに見つめて、それから愛する民たちに手を振る。

王妃は、愛する王の傍で光り輝くように微笑んだ。

ヴィクトリア・ウィナー・オーストウェンは今日も相変わらず、世界で一番偉そうである。

あとがき

強いヒロインが昔から大好きでした。

お姫様の華麗さを持ちながら、絶対に負けないヒロイン。引かず、泣かず、顧みない。王子様の弱さすら包み込んで、彼を背中にかばって守りたいものをすべて守り抜けるような、強く、かっこいいヒロインが理想でした。

その理想を詰め込んだのが、本作の主役ヴィクトリア・ウィナー・オーストウェン王妃です。黄金色に輝く王妃の物語、楽しんでいただけましたでしょうか？

少しでも彼女の行く覇道が、皆様の笑顔の時間に、そしてちょっとした元気につながれば幸いです。

さて、ここから感謝コンボラッシュになります。

この本が出るまでに、様々な方のお力添えがありました。

いつも優しいアドバイスと的確な助力をくださっている担当様。

コミカライズを手掛けてくださっているコミックの方の担当様。

そして双方のイラストと美麗な漫画を描いてくださっている新城《しんじょう》先生。先生のイラストはいつも目が潰れるほど輝いています、ヴィクトリアたちを鮮やかに描き出してくださっていること、いつも感謝の言葉もございません。

いつも支えてくれている家族、天国の愛猫、そしてこの物語が世に出る前に読んでくれて感想をくれた友人、いつもそばにいてくれる友人へも、感謝を捧《ささ》げます。

皆様のおかげで、この破天荒で黄金の暴れ獅子のような物語が世に出ることができました。本当に、ありがとうございます。

そして最後に。何よりもこれを読んでくださったあなたに。ヴィクトリアの物語の観客となってくださった方に。

心よりの愛と感謝パンチを贈ってあとがきを締めようかと思います。

これで終わりだ！　喰らえ！！！　読んでいただきありがとうございました！！！　嬉《うれ》しいです！！！！！！！！！

この物語を読んだあなたが、どうか少しでも笑顔になってくだされば幸いです。

海月崎《くらげざき》まつり

Kラノベブックスf

ヴィクトリア・ウィナー・オーストウェン王妃《おうひ》は世界《せかい》で一番《いちばん》偉《えら》そうである

海月崎《くらげざき》まつり

2021年6月30日第1刷発行

発行者	森田浩章
発行所	株式会社 講談社 〒112-8001　東京都文京区音羽2-12-21
電　話	出版　(03)5395-3715 販売　(03)5395-3608 業務　(03)5395-3603
デザイン	ムシカゴグラフィクス
本文データ制作	講談社デジタル製作
印刷所	豊国印刷株式会社
製本所	株式会社フォーネット社

KODANSHA

ISBN978-4-06-522501-1　N.D.C.913　305p　19cm
定価はカバーに表示してあります

ファンレター、
作品のご感想を
お待ちしています。

あて先　〒112-8001　東京都文京区音羽2-12-21
(株) 講談社　ラノベ文庫編集部 気付
「海月崎まつり先生」係
「新城一先生」係

Kラノベブックスf

悪食令嬢と狂血公爵
～その魔物、私が美味しくいただきます！～

著:星彼方　イラスト:ペペロン

伯爵令嬢メルフィエラには、異名があった。

毒ともなり得る魔獣を食べようと研究する変人——悪食令嬢。

遊宴会に参加するも、突如乱入してきた魔獣に襲われかけたメルフィエラを助けたのは魔獣の血を浴びながら不敵に笑うガルブレイス公爵——人呼んで、狂血公爵。

異食の魔物食ファンタジー、開幕！